ハヤカワ文庫 SF
〈SF2413〉

宇宙英雄ローダン・シリーズ〈692〉

パガル特務コマンド

H・G・エーヴェルス＆クラーク・ダールトン
星谷 馨訳

早川書房
8961

PERRY RHODAN
TODESKOMMANDO PAGHAL
ORT DER ERFÜLLUNG
by

目次

パガル特務コマンド

パガル特務コマンド

H・G・エーヴェルス

登場人物

アトラン……………………アルコン人
バス＝テトのイルナ…………アコン人。アトランのパートナー
ジュリアン・ティフラー……有機的独立グループ（ＧＯＩ）代表
ラス・ツバイ…………………テレポーター
フェルマー・ロイド…………テレパス
ラトバー・トスタン…………テラナー。もと銀河ギャンブラー
ポージー・プース……………スヴォーン人。トスタンの相棒
チャトマン……………………オクストーン人。宇宙偵察員
トヴァリ・ロコシャン………カマシュ人。もとアストラル漁師
スクタル・ドンク・
　　　パルトラン………ハウリ人。ウシャアル星系の最高指揮官
アフ＝メテム…………………炎の侯爵

真の進化とは、世代間で起きるのではない。ふたつの永遠のあいだで起きるのだ。

ワシュカションの具象による叡智の言葉

1

かれはギナチャイ銀河におもむき、そこで〝クウィキストの輪舞〟という名の組織がおこなった試みの利害得失についてじっくり考量した。おのれの〝極限脳〟がもたらすなにものにも惑わされない論理と、それを支える〝内部複合体〟を用いて。

その結果、ヘクサメロンの目的に沿うと確信したゆえの試みであっても、やはり銀河中枢部をハイパー・ブラックホールに変えることには賛同できないと判断。この結論にいたったかれは、〝クウィキストの輪舞〟を先導するシワンを自船《ヴァナグラル》に呼びだし、ギナチャイ銀河のハイパー・ブラックホール拡大をとめるよう命じた。

シワンは最初、かたくなな態度を見せ、ありとあらゆる説明をくりだしたもの。ハイパー・ブラックホールの発生と拡大がヘクサメロンの意図にかなうことはまちがいない、と主張して。

かれはそんなシワンにきびしく接したり、無理に押さえつけたりはしなかった。シワンも〝クウィキストの輪舞〟の面々も、ヘクサメロンの役にたとうと努力しているのだから。それに、相手に無理強いする必要もない。かれは信じがたいほど密に詰まった大脳の持ち主だ。完璧な論理的思考ができるのにくわえ、宇宙物理学の分野に関するきわめて高い理解力を持つため、その言葉は剣よりも鋭く相手の胸に刺さる。

おかげでかれは、いともかんたんにシワンを説得できた。こんなふうにいいきかせたのだ……ヘクサメロンの忠実な従者ならば、過激なやりかたで最後の六日間のプロセスに介入してはならない。ましてシワンがギナチャイでやったように、超ハイテク手段を使って一銀河を光速で拡大するブラックホールに変える試みなど、もってのほか。そんなことをしたら、タルカン宇宙の終焉は想定外の結果になるだろう、と。

死にゆく宇宙の収縮が一定の速度で進行しなければ、のちに新宇宙の壮観なる誕生を妨げることになりかねない。それゆえ最期の瞬間まで、宇宙にはただひとつの転換作用……すべてを包括する大きな力のみが存在しなければならない。

この調和を乱すものはすべて排除される。

そのさい、個人や一種族、あるいは一銀河に住む全知性体の運命など、まったく意味を持たないのだ、と。

これを聞いてシワンも納得したもの。

こうしてかれは、ギナチャイのハイパー・ブラックホールが勢いを失い、やがて完全に消滅するようすを、自船《ヴァナグラル》から観察した。これでギナチャイ内部の物理的状況は、十万年もたたないうちに正常化するはず。

ただ、住民である知性体はすべて死に絶えたが。

とはいえ、それはかれにとってどうでもいい。状況がちがったとしても、どうせ長くは生きられなかった者たちだから。

重要なのはただひとつ、最後の六日間のプロセスを一足飛びにでなく、きまったやりかたで進行させること……支配者ヘプタメルが不可欠と考える人為的な補足手段のみを使って。

かれは支配者ヘプタメルの方針に沿うことしか考えていなかった。たとえヘプタメルというのがただの偽名で、言語学上の意味でいう支配者とはほど遠い存在だとしても。

かれもまた同じく、支配者ではない。とはいえ、大多数の種族メンバーが〝主君〟と定義するような姿でしばしば登場する。

そんなときも、かすかな笑みを浮かべることすらなかった。

なぜなら、かれ、すなわちアフ＝メテムは生物ではないから。下等動物から進化を遂げたわけではないため、大脳辺縁系も淡蒼球もない。

かれは具象なのである。どこから生じたのかは不明だが、卓越した知性の持ち主だ。
しかし、感情はいっさい持たない……

2

そのハウリ人は名前をスクタル・ドンク・パルトランといった。

ハイパー物理学者で、軍事戦略の専門教育も受けている。くわえて〝ハヌマヤ〟との付き合いにも長(た)けており、かれらをしたがわせることができる。その理由から、ウシャアル星系の最高指揮官という地位に昇進したのだった。

きょうアフ＝メテムがスクタル・ドンク・パルトランを《ヴァナグラル》に呼びだし、ウシャアル星系第二十二惑星パガルとその第三衛星ジェゼトゥにおける特務を任命したのも、同じ理由によるものだ。

ハイパー物理学者は内心で震えながらこわごわと、炎の侯爵の姿を見た。その正体については矛盾する噂が出まわっている。侯爵とハイパー通信経由で話したことのあるハウリ人はたいてい、無毛のまるい頭を持つヒューマノイドだといった。深い眼窩(がんか)の奥の黒い目と、つやつや光る頰はあるものの、鼻と口はないとか。

またべつの者は〝炎の目〟として登場したと表現した。どういう意味だか、さだかではないが。

そしていま、《ヴァナグラル》船壁の彼方の暗闇に〝ナコード・アズ・クール〟の影がせまるなか、スクタル・ドンク・パルトランの目前にいる強き者アフ＝メテムはヒューマノイドの姿をしていた。ハウリ人とは似ても似つかない。この具象からにじみでるオーラはとてつもなく冷酷なもので、かれがハウリ人種族と親戚関係であればいいとは、スクタルはこれっぽっちも考えたくなかった。

アフ＝メテムが身につけた黒い艶消しのコンビネーションはからだにぴったりで、なんだか生き物みたいに見える。武器やベルト、グラヴォ・パックの類いはどこにもない。面長の顔に秀でた額。バランスは悪くない。メタリックな輝きを帯びた濃紺の髪が、オレンジ色の斑点のある顔を縁どり、うなじや耳にもかかっている。

しかし、もっともスクタルの印象にのこったのは、アフ＝メテムの目だ。金色で半透明の眼球はまったく動かない。なのに、その奥では無数の火花が飛び散っているように見える。

アフ＝メテムが尊大なしぐさで手を振るのを見て、ハウリ人ははっとした。外見についてあれこれ考えるのをやめ、炎の侯爵の言葉のみに集中しなければ。

「カルタン人と悪魔の歌い手サラアム・シインが惑星ゼレンガアで無力化されたのはたしかだな、スクタル？」アフ＝メテムが訊く。その目からちいさな火花がはなたれたように、ハウリ人には感じられた。

「たしかです。かれらの船をゼレンガアに曳航したロボット船の報告では、〝勝利の証し〟の守護者に捕まり、戦闘ロボットの監督下におかれたとのこと」と、答える。

「つまり、ゼレンガアとジェゼトゥでの騒ぎは終息したわけだ。だが、白い惑星パガルはどうなっている？」

「パガルは無傷です」

ハウリ人は自信ありげに応じたものの、心理的衝撃をおぼえた。相手の顔にあるオレンジ色の斑点がふいに、燃えさかる炎のごとく光ったから。意識内にあったアフ＝メテムの細かい印象がすべて消え、全宇宙をとりまく炎の柱になったように感じられる。

それこそが、かれが炎の侯爵と呼ばれるゆえんなのか？

思わずひざまずき、コンビネーションの胸についた最後の六日間のシンボルを両手で押さえた。アフ＝メテムの顔が光ったとたん、シンボルがはげしく脈動しはじめたのだ。

「二度といいかげんな予断を口にするな、スクタル！」侯爵の声が重々しく響き、いつまでも耳にのこった。「無権限者の着陸が目撃されていないからといって、白い惑星がいつまでも無傷でいられるわけはあるまい。敵が近くに迫っているのは、わたしと同様きみも知っているはず。ザプルシュⅢの軌道要塞からきた救助要請がなによりの証拠だ。このあいだにわれわれの偵察隊がザプルシュ星系に飛び、第三惑星の状況を調べた。

そこに敵が着陸し、狼藉を働いた証拠を突きとめている。徹底的調査により、第三惑星に駐留していた宇宙船すべてが破壊されてはいないことも判明した。敵はかなりの確率で、宇宙船三、四隻を鹵獲したと考えられる。

　これを聞いて思いだせ。ハウリ船の一隻があやしい動きに出てパガルへ向かったことを。パガルの宇宙管制が身元を確認したさい、その船はハウリ船であるとしめす一連のシンボル・インパルスを発信したという。だが、追加の確認ＩＤを要求したところ、日付コードもその他の身元証明もできなかった。ほかの船数隻がこれを捕まえようとしたとたん、逃走したのだ。このことからなにがわかる、スクタル？」

「パガルに向かったのは、敵がわれわれから奪った船の一隻ですね」と、ハウリ人。「しかし、このブラッフは無意味です。いずれにせよ、敵がパガルに着陸する可能性はありません。もしそうなっても……」そこで意味ありげに間をおく。

「絶対か？」アフ＝メテムはみじんも感情がこもらない声で問いつめた。「ハヌマヤは絶対に信頼がおけるのか？」

「わたしがしかるべく細工していますから、閣下」スクタルはやや自慢げに答えた。「もし実際になにものかがパガルに不法侵入したとしても、容赦なくやられるだけです。ハヌマヤは生来の衝動にはあらがえません。どこまでも敵を籠絡するでしょう。相手がすべてを失念してしまうまで」

「理屈は通るな」アフ＝メテムはすこし考えたのち、ふたたび口を開いて、「最後の六日間のプロセスを完璧に遂行するにあたり、きみは多大な貢献をした、スクタル。ハヌマヤをわれらの味方につけたのだから。褒美を考えておこう。だが、まずは自船でウシャアル連星系にもどり、パガルへ行け。これまで以上にしっかり目を光らせよ！」

「ハヌマヤに見張らせていますが、それでもですか、閣下？」スクタルは驚く。

「どんな武器にも対抗手段は存在するもの」アフ＝メテムの返事だ。「われわれにとり、パガルはことのほか重大な意味を持つ。なんといっても物質シーソーがあるのだからな。これまで完璧に機能したからといって、やみくもになにかを信用してはならぬ」

3

その木はバス＝テトのイルナにとり、めずらしいものではなかった。同じような木を、無数の異世界で見てきたから。それもそのはず、同じような環境のもとで進化が異なる道筋をたどることはほとんどないのだ……必然的に、よく似た場所ではよく似た生命形態が誕生する。

ただ、この木に咲いている花だけは、それまで彼女が見たどんな花ともちがっていた。パラボラアンテナみたいな皿状で、大きさと色はさまざまだが、重要な共通点がふたつある。花がたえずあらゆる方向に回転することと、そのさい花弁やめしべが奇妙な形状に変化することだ。

とはいえ、この事実がある不気味な現象と結びついていなければ、イルナが気にすることはなかっただろう。彼女とアトランがいるこの白い惑星パガルでは、なんの原因も見あたらないのに、いきなり周囲の環境が劇的に変化するのである。何度も何度も。

ここでまったく変化しないのは、木々だけのようだ。

パガルに到着してすぐ、イルナはこれを〝ワタンガの木〟と名づけた……惑星ワタンガに自生する〝雲の木〟を直感的に思いだしたから。そう呼ばれる理由は、木に降った雨がまたたく間に水蒸気となり、循環して雲をつくることにある。そのため、ワタンガの大気はつねに洗濯場のように湿っている。

ここ白い惑星の木々も似たようなものらしい。

ラス・ツバイに連れられてアトランとここにテレポーテーションしたとたん、パガルとワタンガを比較したことを、イルナはまだよくおぼえている。滝のような雨が降っていたため、宇宙服のヘルメットは開けられなかった。開けたら窒息していただろう。

オクストーンやエルトルスといったほんものの極限惑星をよく知っているアトランやイルナから見れば、ここは極限惑星とはいえなかった。だが、アコン人やアルコン人やテラナーが植民地を築いたような惑星ともちがう。

それはべつとして、低コストで高度技術産業を興すのに不可欠な重い元素が、パガルではほとんど産出されない。このことは、惑星の密度がちいさいという事実からもわかる。赤道直径が四万五千キロメートルもあるのに、重力はわずか一・二五Gだ。

だがイルナとアトランにとっては、温室なみの高湿度も、摂氏二十度から八十度と極端に変化する気温も、任務遂行を妨げる理由にはならなかった。

その任務とは、パガルにある物質シーソーの場所を突きとめ、爆発物をしかけること。

シーソーが作動すれば、タルカン宇宙にあるハンガイ銀河の〝第三クオーター〟が通常宇宙に遷移し、その埋め合わせとして通常宇宙からタルカンにM－33銀河が移送される。そうならないよう、物質シーソーが作動した瞬間に爆破しなければならない。

イルナもアトランも、どんな環境にも耐えられるよう、あらゆる手をつくしてきた。宇宙服はサヴァイヴァル用の特別仕様だし……アトランはTSSすなわちツナミ・スペシャル・セラン、イルナはティランを着用している……そこに装備された生命維持システムのほか、遠征用イグルーや各種の食糧備蓄もある。くわえて新型のミニ・ボディガードも一ダース連れてきた。極小サイズの自動ロボットだ。〝主人〟のピンチには偽装フィールドや防御バリアで対処することになっている。

イルナとアトランがパガルに着いたのはNGZ四四七年十一月十一日。最初の数時間はすべて順調だった。土砂降り（どしゃぶり）の雨がすこしおちついたあと、一万七千メートル級の山の頂上めがけて、手のひら大の通信ロボット〝ノア〟を送りだした。ロボットの名にちなみ、山は〝アララト〟と呼ぶことにする。ノアは山頂に到着したことを、みじかいインパルスで知らせてきた。

ところがその後、通信ロボットとの接続が切れたため、ふざけてノアやアララトと名づけたときの気分は吹き飛んだ。おまけに、ミニ・ボディガードとのコンタクトも失われてしまう。

しかし、もっと決定的なことはほかにあった。気がつけばアトランもイルナも、いま自分たちがパガルのどこにいるか、見当がつかなくなっていたのである。どちらの方角に進めば物質シーソーがあるのかも、当然まったくわからない。これでは任務遂行は不可能だ。

パガルが突然、かれらを敵とみなしたように思えたそのとき。雨が小やみになり、気温も十八度とおだやかになったので、耐圧ヘルメットを開けた。そのさい、なにかの有毒成分を吸いこんでしまったらしい。

とにかくそれ以来、ふたりともずっとからだが熱っぽく、力が入らないのだ。岩壁の麓(ふもと)にあるちいさな洞穴(ほらあな)のなかにうずくまり、朦朧(もうろう)として死にそうになっている。

こんなこと、本来ならありえない。アトランの細胞活性装置はあらゆる細菌やウィルスや毒物を中和する。まったく具合が悪くならないわけではないが、長引かずにすぐ治るはず。またバス＝テトのイルナにいたっては、遺伝子同盟のエージェントからメタボリズムに細工されたため、相対的不死になったばかりか、卓越した自己治癒力と信じがたい再生能力を手に入れたのだ。

そのすべてが、ここパガルでは機能しないように思えた。どうやら、悪夢の世界に送りこまれたらしい。

精神混乱によって幻覚が生じ、過去の出来ごとがまざまざと目の前によみがえった。

幻覚は甘い言葉で誘いかけ、死をあたかも不滅の王国への入口であるかのように見せてくる。そこではすべての個人の意識が宇宙の意識と完璧に調和するのだといって。

そんな幻覚のさなか、イルナの意識はザプルシュⅢでの体験にもどった。アトラン、チャトマン、オクリルのファイターとともにトヴァリ・ロコシャンとその守護神ルログを探しに出かけ、消えた火山のクレーターでシュプールをふたたび見失ったときのこと。

あのとき彼女は、クレーターの底でアトランを待ち受ける危険の存在をゼロ夢で知った。そしてゼロ夢のなかでアトランに、もどるよう呼びかけたのだった。

いまようやく、幻覚のさなかにそれをはっきりと意識する。これまではただ予感があるだけで、自分の思いこみだと考えもした。なぜなら、ゼロ夢見者の能力はバス＝テト家に古くからある遺伝特質ではなく、サーレンゴルト人であるカッツェンカットの姉に由来するものだから。それはイルナの精神の奥にひそむ影にすぎないはずだった。

いま、アトランともども死の熱に浮かされながら、彼女はひるんでいた。ゼロ夢をおのれの能力として認め、それを意識的に用いて制御することが、はたしてできるのだろうか。

それでも、幻覚がしだいにおさまってくると、イルナは心を決めた。隣りにはヘルメットを開けたアトランが熱で赤い顔をし、荒い息を吐いている。その苦しげなようすを見て、愛する男への心配が、ゼロ夢に対する恐れよりもまさったのだ。

自身にも死が迫っているのだから、どんなに予断し熟慮したところでむなしいのだが、それはおくとして。

イルナはぎりぎりで決断し、目を閉じて横になった。これまでほぼ封印していた力を呼び起こすのだ。意志の力を総動員して精神集中し、気にそまない能力を投入した。

ゼロ夢という能力を……

＊

こうして彼女は夢の世界に入った……

夢のなかでは肉体を持たず、空気の流れのようになり、なにものにも縛られない。物質は障害にならないので、ワタンガの木々を通りぬけられる。つねにこちらを見つめているような皿状の花も、洞穴の外で容赦なく降りつづいている雨も無視して。こんな土砂降りでは、ネコだっておぼれてしまいそうだ。

〝ネコ〟という単語が浮かんだとき、イルナの思考は一瞬とまった。だが、そんな忘我の境地は長くつづかない。肉体離脱状態にもかかわらず精神はクリアなため、ネコはバス＝テト家になんの関係もないと、明晰な判断力ですぐに理解したのだ。遠い昔、あるネコの女王がバス＝テト家の血筋にあたると、いわれなき噂が立ったものだが。

それはアコンやその勢力範囲から遠くはなれた、名もなき惑星でのこと。そこで一文明が生まれた。高度文明ではないが、それでも宇宙から訪れた異人にまつわる太古の言い伝えを聖職者たちがうまく神話に仕立てあげたおかげで、かなり栄えた。その結果、種族は自意識を持つようになり、そのころ巷で主流だった物理的・心理的に未開の暮らしを見くだしはじめたのである。

イルナが見ているのと同じような感じだ。いま彼女は〝高みから〟世界を見おろしている。

そして、自分とアトランがこれまで見かけにだまされていたことを知った。ゼロ夢を見なければ、けっして気づかなかっただろう。

どこへ行こうとワタンガの木はそこらじゅうにあるのに、ほかのものはすべて、あたかも存在しなかったように消え去っていた。数キロメートルの深さを持つ奈落も、炎を噴きあげる火山も、有毒な間欠泉も、はげしい嵐も、高次元妨害フィールドも。

しかし、それは偽装だと、ゼロ夢見者は精神の奥にひそむたしかな本能で感じた。

これらの危険な現象はすべて、実際に存在する。自分とアトランが襲われた致死性の病原体と同様に。

とはいえ、それをまき散らした作用はもう薄れている。パガルの通常風景の背後にある現象も、しだいに色あせていった。

それでも、一度こうむった障害はもとにもどせないらしい。ゼロ夢のなかでアトランのもとにもどったとき、それがはっきりわかった。アルコン人は相いかわらず身体機能不全の状態にあり、呼吸困難で脈も不安定だ。

ゼロ夢を見ているイルナ自身のからだも同じだった。

思わず怒りがこみあげる。肉体はいま激情を感じないはずだが、それとは関係ない。ゼロ夢のなかで、これまでにないほど力と感情がみなぎっていた。この気持ちをおさえる必要はない。

これまでにわかったすべての事実から、彼女は結論を出した。パガルの不気味で危険な現象はけっして、植物が主体となった生命形態の本能的反応ではない。自分とアトランを亡き者にするため、だれかが意図的に細工をほどこしたのだ。

イルナはさらにゼロ夢に集中した。非物質性の〝成分〟となり、パガルに存在するすべての物質を通りぬけながら進んでいく。

動植物、水辺、岩山……あらゆるものを〝透過〟した。そのさい偶然、物質シーソーの施設に行きあたる。施設内の特殊な防護室に、ハウリ人の武装宇宙兵が複数いた。

イルナは施設やハウリ人のところには長くとどまらない。かれらがいるのは、通常エネルギー・バリアと反プシ・フィールドで守られたブンカーだと気づいたから。つまり、宇宙兵たちもパガルの危険現象を恐れているわけだ。このことから、かれら自身が引き起こした現象ではないとわかった。

ほかにも気づいたことがある。

物質シーソーの施設に近づくにつれ、ワタンガの木がますます密集してきたのだ。木々を抜けてくるあいだ、とくにおかしな発見はなかったし、意識あるいは知性のようなものも感じなかったけれど。

しばらくして、思いいたる……自分が〝透過〟してきたのは幹や大小の枝や葉だけで、花にはまったく触れなかったことに。

これはあらゆる意味で、イルナがエネルギー・コマンド時代に訓練された計画的行動様式に反している。アコンのエリート工作員として実践を重ねるうち、完全に自分のものとなっていたはずだが。

自身の内面をうかがってみて、疑念が湧いた。どうやらなんらかの弱いプシオン手段が、ワタンガの花を〝透過〟するのをくりかえし妨害したらしい。

つまり、ワタンガの花の背後になにかがかくれているということ。

敵はこの花なのか？

イルナは花の性質を探るため、ゼロ夢に深く沈みこもうとする。ところが、できなかった。ワタンガの花に近づかせまいとして、ゼロ夢のなかにまで一種のメンタル・バリアが構築されたのだ。

〈助けて、カッツェンカット！〉

メンタル性の悲鳴が聞こえた瞬間、イルナはおののいた。カッツェンカットの姉が自分の精神の奥にひそむ影ではなくなることを恐れたから。

だがやがて、悲鳴をあげたのは存在のない影ではなく、自分自身だったと気づく。

もちろん、アトランを案じるがゆえに、意志に反して本能的に反応したのは明らかだ。カッツェンカットが助けてくれるわけはないことも、同じく明らかだった。ネガスフィアの支配者に仕えたかつての指揮エレメントは、暗黒エレメントによってとっくに排除されている。

〈暗黒エレメント……

それは、宇宙が若く荒々しく奔放だった時代に由来する。宇宙創造プログラミングよりも前の時代だ。このプログラミングがモラルコードの力を借りて、宇宙に進化せよという目標を押しつけることになるのだが。

その時代には生も死も、秩序も混沌もなかった。存在したのは、はてしない原状態の宇宙という荒廃のみ。

この原状態を創造プログラミングが消し去ったのだ。だが、いくつもの永遠をへてモラルコードが損傷し、宇宙にふたたび荒廃がひろがったとき……それに抵抗する力のなかから暗黒エレメントが生まれた。

以来、暗黒エレメントは仮借なき狩人となり、宇宙平面を逍遥（しょうよう）している。高度進化段階に達した被造物が馬脚をあらわすのを待ちかまえ、見つけて引き金を引くだろう。こうして宇宙は永遠の闇に沈み、死の静寂につつまれる……〉

バス＝テトのイルナは金切り声をあげた。いつのまにか目がさめ、瀕死の肉体のなかにもどっている。ゼロ夢は終わったのだ。

汗びっしょりで、脈拍も異常に速い。いまにも消えそうな力をかき集め、息をあえがせた。

死への本能的恐怖から感覚が鈍っているにもかかわらず、思考することはできた。暗黒エレメントに関するこの情報は、いったいどこからきたものか。そして、なぜよりによってこのタイミングで意識に浮かんだのだろうか。

最初の問いの答えはさだかではない。可能性がふたつあるから。

遺伝子同盟のエージェントによる細工のさい、遺伝子に情報が組みこまれたか……あるいは、カッツェンカットの姉と一体化したときに情報が受け継がれたか。ただいずれにせよ、事実に即した内容ではないはず。もしかしたら、遺伝子同盟のエージェントはなにか理由があって、まちがった情報をイルナに吹きこんだのかもしれない。カッツェンカットの姉も、暗黒エレメントに関してはせいぜい人づてに聞いたことがあるくらいで、真相を知っているわけではないだろう。

もうひとつの問いに対する答えはかんたんだ。完全に出口の見えない状況で、自分は無意識に、精神の奥にひそむ影に助けをもとめた……それをまちがいだと認識したことが、象徴化されたかたちとなって意識のなかに展開したのだろう。

この認識はイルナにとり、安堵すべきものだった。自分がもともとのバス＝テトのイルナと同一人物で、実際に優勢的存在だという証拠だから。アトランが愛したのはけっして、カッツェンカットの姉のなごりをふくむ怪物ではない。

しかし、安堵は長くつづかなかった。この認識はまた、自分の命が長くないこと、やがてアトランとともに死んでしまうことを告げるものでもあったから……過去に由来するもうひとつの遺伝素質を彼女が動員しないかぎり。

こんどは未知のエレメントに関するものではなく、バス＝テト家の出自にまつわる遺伝素質だ。話は二十万年以上前にさかのぼる。タケル人技術者が違法な遺伝子実験により、今日テラと呼ばれている惑星に住んでいた古代レムール人と拉致したガンヤス人を組み合わせて、あらたなレムール人種を培養したころのこと。

ガンヤス人は数十万年のあいだ、ペドトランスファー能力に関する暗号化された遺伝情報を潜在的に保持していた。それはときおり……たとえばテレポーテーション能力のように……変性したかたちで表出したもの。しかし、イルナの場合には完全にペドトランスファー能力として突発的にあらわれたのである。

その能力をいまこそ投入しなくてはならない。ものすごい数におよぶワタンガの花を掌握(しょうあく)し、影響をおよぼすために。

イルナの精神力がまったく衰えていなければ、もうおしまいだとはけっして考えなかっただろう。〝ペド犠牲者〟がどこにいるか突きとめられるのは、相手が個体六次元エネルギー定数を持つ場合だけだから。つまり、高度進化を遂げた生命体にかぎられる。

ひょっとして、ワタンガの花もそうした生命体なのだろうか。とてもそうは見えないけれど。でも、もしそうなら、イルナのペドトランスファーは失敗に終わるはず。ワタンガは進化のしかたから見て、彼女が属する種とはあまりにかけはなれているからだ。

昏睡に近い精神状態で、イルナにできるのは祈ることだけだった。この試みがうまくいきますように。そうすれば、ふたたび意志力を総動員するのに必要な刺激が得られる。

やってみた。ほとんど死にそうになりながら。

それでもどうにか成功し、ペド犠牲者の意識からあらたな力を汲みだした。その意識のなかで、彼女は理解する……かれらから夢変性の能力を奪うため、自分がどうするべきかを。

かれらが自分たちのことをどう呼んでいるかもわかった。〝ハヌマヤ〟だ……

4

〈シトゥ、助けて！〉

何千もの声からなるメンタル性の悲鳴がパガルの明るいジャングルのなかに響きわたり、ワタンガの木々の枝葉を揺らした。

〈シトゥ、助けて！〉

それでもシトゥは答えない。

ハヌマヤは意識を硬直させ、持てるプシオン力をすべて集中した。こちらに襲いかかって自分たちの自我を奪おうとする、敵の精神から身を守るために。

瀕死状態の肉体に宿っているにしては、恐ろしく強力な精神だ。これに対し、第二の敵はとうに戦うことをあきらめている。

おそらく、かれがひとつの人格しか持たないからだろう。

ところが、女であるもうひとりの敵は信じられないほどの力を持つ。複数の人格を宿しているから。

ハヌマヤには知るよしもなかったが、このときは主となるバス＝テトのイルナにくわえ、バンシールームも同じくらい強く前面に出ていた。これはイルナの遺伝子コード発生時の記憶から生じた人格だ。また、ときおりべつの自我……種族からはずれたサーレンゴルト人にして闇の狩人、夢見者カッツェンカットの自我もあらわれる。

ハヌマヤは恐怖で縮みあがり、物質変形作業を逆行させた。〝アヴァタル夢〟をつくりだせるハヌマヤは、夢のなかではほぼ思いのまま、物質をどんなかたちにも変形できる。だがそんなかれらにとっても、もうひとりの夢見者の存在はなにより恐ろしい。

敵の夢見者は、物質変形が逆行したことで当惑した。この変形の原因を解明するため、べつの手段を投入したようだ。しかし、うまくいかない。そのあと選んだ手段も同じく失敗する。そのたびにハヌマヤがメンタル・バリアを構築したから。

ハヌマヤは勝ち誇り、あらためてアヴァタル夢の準備にかかった。そのとき、敵がいきなりそれまでの作戦を全面的に変更し、まったくちがうやりかたで向かってきたのである。

敵はプシオン力を使って、こちらの個体六次元エネルギー定数を突きとめた。これは精神的に高度な進化を遂げた生命体すべてが持つもので、ときおり魂と定義される。それは次元的に低い解釈であるため、まちがいなのだが。

ハヌマヤは各自のÜBSEF定数を本能的に引っこめて、ただひとつに一体化させた。

もともとひとつだったのだが、はるか昔、シトゥの要求にしたがってÜBSEF定数を分散させたのだ。そうすれば、各自がアヴァタル夢にふけることができるから。

この瞬間、ハヌマヤはとりかえしのつかないミスをおかしたと気づいた。

無数に分散した六次元エネルギー定数に集中するというむなしい努力をつづけていた敵にとり、いまやただひとつのÜBSEF定数を突きとめればよくなったのである。相手はためらうことなく、ひとつの集合体となったハヌマヤ……すなわち〝ハヌマ〟に全力で襲いかかり、ぐいぐい押し入ってきた。

〈シトゥ、助けて!〉

シトゥは強い。敵の精神にすばやく立ち向かい、自分たちを助けてくれるだろう。結局は過去に何度も不思議なやりかたで、信頼に値いすることを証明してきたのだから。よもやシトゥにそれができないとは、ハヌマは思いもしなかった。

ところが、メンタル・エコーは返ってこない。自分たちの呼びかけはまったくとどいていないらしい。シトゥがすぐにあらわれなければ、すべては終わりだ。未知なる敵の精神がますます強く集合体のなかに押し入ってくる。まもなく完全に支配されてしまうだろう。

敵はいずれ、ハヌマを自身のからだのように自在にあやつるかもしれない。神なる白い惑星パガルは、シトゥとともに戦う者をもう守ってくれなくなる。大宇宙にとてつもない物質変容をもたらすパガルの驚異的奇蹟は、石ころの山よりも無意味なものとなるだろう。

〈シトゥ、助けて！〉

こんどもシトゥのメンタル・エコーはこなかった。もしかしたら、まだナコード・アズ・クールにいるのかもしれない……それがなんなのかは知らないが、すこし前にシトゥはスクタル・ドンク・パルトランの立場でそこへおもむいた。となると、ナコード・アズ・クールというのはパガルからずいぶん遠くにあるにちがいない。そうでなければ、助けをもとめるハヌマのメンタル・メッセージを受けとれるはずだから。

最後にもう一度もがいて、敵に完全掌握されるのをわずかのあいだ押しとどめたが、とうとうハヌマの抵抗は完全に打ち砕かれた。

それでもその前に、みじかい夢のなかで、パガルの物質を全面的に変容させることに成功する。いまから敵は、ハヌマがふたたび介入しないかぎり、この世に存在しないすべてのものと仮借なき戦いをくりひろげることになるだろう。

なにもかも、これ以上は変容しようがないほどに変わってしまうのだから……

＊

アトランがわずかに目を開けると、そこはテラニア銀河動物園の円形観客席だった。

猛獣エリアの壁の鋼製扉が開き、サーベルタイガー三頭が入ってきたのが見える。

ヴィデオ画面や剝製で見かけたことはあるが、いま飼育係の男に連れられて観客席の下にある長円形の広場に入ってきたサーベルタイガーは、予想をはるかに上まわる姿だ。飼育係もけっして小柄ではないのに、その肩くらいまで体高がある。金色の毛皮の下には、しなやかな動きをつかさどる強靭な筋肉がすみずみまでひろがっている。四本の足は直径がスープ皿ほど、頭部は雄牛なみの大きさだ。一頭が口を大きく開けたとき、アイヴォリー色の長い牙が光って見えた。

アトランは驚嘆し、もっとよく見えるように観客席の胸壁から身を乗りだした。

「すごいな！　もうすこし早く生まれてきたかったものだ。そうすれば、最新世の地球をこの目で見ることができただろうに」

「あれほど猛獣の近くにいて、飼育係に危険はないんでしょうか？」と、だれかが訊く。

アトランには声の主がわかった。フランクリン・ケンダルだ。銀河系平和部隊すなわちIPCの設立発起人であり、その代表を最初につとめたテラナーである。ケンダルの質問はレジナルド・ブルに向けられていた。

ブリーが手を振って答える。

「サーベルタイガーは肉で餌付けされているからな。それに、まだ若い個体だから危険はない、フランクリン」

そのとき、サーベルタイガー三頭が合図を受けたかのように向きを変え、黄色い目を光らせてアトランの向かい側の観客席をじっと見た。

飼育係が鎖三本を引っ張り、命令の文句を口にした。

それで猛獣はアトランのほうを向くかに思えたが、ちがった。三頭とも命令にしたがわず、長い尾で砂地をたたくと、恐ろしげな咆哮をとどろかせる。

「なにか変だぞ」アトランは疑念をおぼえた。

ケンダルが反対側の観客席に目をやった。猛獣が注意を向けていると思われる場所だ。数名の観客が不安そうにあとずさったのが見える。このとき、ケンダルもアトランも、胸壁のところに男が四人いるのに気づいた。白いズボンに色とりどりのゆったりしたケープという、最新流行のよそおいだ。ほかの観客からきわだっているのは、かれらが驚くほどよく似ている点だった。身長も体格も顔つきも髪型もまったく同じ。まるで四つ子のようである。

四人とも吠えるサーベルタイガーには目もくれず、アトランを凝視している。

〈かれらの態度と外見に気をつけろ〉と、付帯脳が知らせてきた。

アトランがブリーに注意をうながそうとしたそのとき、四人の手がすばやくケープの下に入った。

ケンダルはもっと早く異変に気づいていたらしい。アトランが呪縛されたように四人を見るあいだに、すでに行動に出ていた。鋭い叫び声をあげてアトランとブリーに跳びかかり、押し倒す。白熱したまばゆいビームがケンダルの頭をかすめ、皮膚を焦がした。

事態はたちまち一変する。

ケンダルがくずおれ、サーベルタイガーは興奮して騒ぎだした。エネルギー・ビームがうなり飛びかい、人間と動物の死体が重なり合って転がる。

すべてが終わったとき、アトランも発射したばかりの熱くなったブラスターを手にしていた。観客席にはかれの護衛部隊や太陽系秘密情報局の工作員たちがうごめき、重傷を負った暗殺者三人とサーベルタイガー二頭が横たわっている。

「バス＝テトのイルナがいなければ、あなたはいま生きていません」フランクリン・ケンダルの声だ。

アトランははっとして、意識をはっきりさせようと首をはげしく振った。いま聞いた言葉が過去の出来ごとと関係するはずはない。

「死者の時代とイルナとどういう関係があるのだ？」と、当惑しながら訊く。

答えは返ってこない。真綿のようなヴェールが感覚をおおいつくす。アトランはそれと必死に戦った。それのせいで現実世界のことを見聞きできなくなっている。

銀河動物園での暗殺未遂事件ははるか昔の出来ごとで、いま自分がいる未知惑星とは遠くはなれていることはわかっていた。

過去の影が自分のもとを訪れたにすぎない。

もしかしたら、わたしが困難な現実に向き合うのを助けるためか。

〈生きのびたいと、おまえに思わせるためだ！〉なにかが意識下でささやく。論理セクターの〝声〟だ。〈いまは死んだも同然の状態だから！〉

〈傷を負ったのか？〉アトランは考えこみ、目を大きく開こうとした。〈外傷以外なら、細胞活性装置が守ってくれる〉

〈毒にやられたのだ！〉と、付帯脳。

〈ありえない！〉アトランは肘をつき、身を転がした。〈活性装置はあらゆる種類の毒を中和する。どんな毒でも死にいたることはないはず〉

こんどは論理セクターも無言だ。

そのとき突然、なにかが痛みとともにアトランの脳をつらぬいた。

すこし前にイルナの声がしたことを思いだす。

いや、イルナではなくフランクリン・ケンダルの声だった。だが、それはありえない。イルナはまだ生きているが、ケンダルはとうの昔に死んだはずではないか。

記憶の堤防が決壊し、突然すべてを思いだしたアトランは、血管のなかで溶けた金属が泡立つような感覚をおぼえた。自分は愛する女とふたり、ラス・ツバイのテレポーテーションでウシャアル連星系の惑星パガルにやってきたのだ。物質シーソー破壊に向けて準備をととのえるため、その施設をわずかな装備でできるかぎり偵察調査しようと思って。

こんどこそ、かれは大きく目を見開いた。

うめきながら起きあがろうとするが、あまりに衰弱しているため、ふたたび勢いよく倒れこんだ。冷たい汗が全身を流れる。唇を嚙みしめ、意志力を総動員してみずからを奮いたたせ、もう一度起きあがろうとした。

イルナがあぶない！

かれは超人的な力を発揮して不可能を克服し、風に吹かれるアシのごとく揺れながらも、どうにかすわった姿勢になる。地面に横たわるよりは周囲がよく見えるだろう。

しかし、まだ正常な状態ではない。わかるのは輪郭だけだし、すべての色がグレイの濃淡に見える。だがとにかく、ちいさな洞穴みたいな場所にいるのはわかった。五メートルほど先に出入口があり、鈍い恒星光が射しこんでくる。

日光に照らされた地面の上に、荷物袋のようなものがふたつ置いてあるのが見えた。洞穴のさらに奥のほうにもなにかがある。最初はやはり荷物の類いかと思った。だがよく見ると、バックルや金属リングやマイクロフォンの留め金が小型投光器の光をかすかに反射しているのがわかる……セランの胸についた投光器だ。

そのときかれは、自分もセランを着用していることを思いだした。つまり、全装備をそなえたTSSを。

「投光器、オン」ちいさな声を出すと、乾いてひび割れた唇が裂け、血が顎までしたたり落ちた……これで二度めだろうか?

それでも投光器は作動した。光芒がとどく先に見えたのは、完璧に左右対称なアコン人貴族の顔だった。絹のようになめらかな肌はわずかにゴールドがまじる褐色で、髪は銅色、目は漆黒。その瞳が死人のように動かず、こちらを見つめている。

「イルナ!」アトランは愕然として叫んだ。

いや、叫んだつもりだったが、息の詰まったようなしわがれ声しか出ない。唇からまたもや血がどっと噴きでた。

とはいえ、しわがれ声でも充分、役にはたったようだ。

死人のようだったイルナの目に光が宿り、しだいに生気を帯びていく。視点が定まるまでには、まだしばらく時間がかかったが。

「アトラン!」そうささやいたイルナの唇も裂けて、顎に血が流れる。

アルコン人はとほうもない安堵感をおぼえ、思わず笑いだした。まるでゾンビの笑い声のようだ。それから立ちあがろうとしたが、横ざまに転がってしまう。

「待って、ダーリン! わたしよりひどい状態だわ。あなたは毒に……」と、イルナ。

「毒にやられるわけはない」アトランはイルナに助け起こしてもらいながら、ぼんやりと反論した。「細胞活性装置が……」

「細胞活性装置はだれにもまねできない奇蹟の技術品だけど、魔法の杖ではないわ。一種類のみならず数種の毒を混ぜたものでも中和するとはいえ、つねに分子構造を変える毒には対応できない。わたしたちがパガルで襲われたのはそんな毒なのよ」

「だが、きみはどうなんだ？　対応できている……」

「わたしの自己治癒力と再生能力はもともとのからだに由来するもので、機器にたよってはいない」イルナは辛抱強く説明した。「だから、あなたよりうまく対応できたの。それでも死にかけたけど。でも、ゼロ夢で敵の正体を知るだけの力はのこっていた。おかげで、相手をペドトランスファーで乗っとることもできたわ」

アトランはしばし目を閉じ、イルナの努力がいかに超人的なものだったか想像しようとした。瀕死状態で敵の正体を突きとめ、しかも、そのあとペドトランスファーで相手を乗っとったというのだから。

ふたたび目を開け、恋人をじっと見つめた。

イルナはたしかに〝そこにいる〟。意識が敵のもとを去り、もどってきていた。彼女の場合、カピンとちがってペドトランスファー中の残留体は不定形にならない。からだはそのままのかたちでのこり、眠っているような〝魂が抜けた〟状態になるだけだ。

「敵のもとを、去ってきたのだな？」アトランは言葉を詰まらせた。「ふたたび危険が迫る恐れは？」

「ないと思う。敵のハヌマは最後に一度だけ夢のなかでパガルの物質を変性させたとき、すべての力を出しきったの。その精神は縮んでしまい、ほとんど知性のなごりものこっていないわ。せいぜいテラのミミズくらいよ。完全に崩壊したといっていい。パガルはあと一度、すくなくとも表面的に変性するけれど、それで終わり。わたしたちがまだ死んでいないのもそれが理由よ。もう毒の分子構造変化もこれで最後だから、あなたの細胞活性装置とわたしの自己治癒力があれば、死ぬようなことにはならないわ」

アトランはほっと息をついた。

すでに力がもどってきたのがわかる。細胞活性装置の拍動も感じられた。からだの状態が悪いときはいつも、それを克服するため装置が拍動するのだ。

だが、安堵したとたんにミッションを思いだした。自分とイルナがウシャアル連星系の第二十二惑星にやってきたのは、任務遂行のため。なのに、まだ一歩も踏みだしていない。

〈一歩は踏みだした！〉論理セクターだ。〈ノアをアララト山に送ったではないか！〉

「ノア」アトランはくりかえし、手のひら大のディスク形通信ロボットを思い浮かべた。自身がプログラミングして、イルナとともにアララトと名づけた一万七千メートル級の山の頂きに送りだしたのだ。「あの通信ロボット経由でティフが連絡してきているはず。

どうなったのだ？　ノアはこちらにコンタクトしてきたか？」

「どうかしら」

イルナは当惑ぎみに答えたものの、次の瞬間、目を大きく見開いた。セランのシントロンになにかささやきかけ、数秒後にこういう。

「ノアは山頂到着をみじかいインパルスで知らせてきたあと、沈黙している。そうでなければ、セランのミニカムが知らせを受けとってシントロンに転送したはず」

「つまり、われわれ、遠征隊から孤立してしまったわけだ」アトランはきっぱりいい、手でからだを支えた。「どれくらいのあいだだろう？」

「ノアのインパルスがきたのは、ここに到着した日よ」イルナはアトランを食い入るように見て、「十一月十一日。いまは十一月二十三日だわ」

アトランはひどいののしり文句を口にした……イルナが思わず眉をひそめたほど。

それから、ばねで弾かれたように立ちあがる。まるで、殴られたボクサーが審判によるスリーカウントの前に復活したみたいな動きで。

「だったら、もういいかげん行動せねば！　さもないと、友たちがわれわれを心配して危険をかえりみずにやってくる。破滅に向かうかもしれない」

「それはないでしょうけど」イルナは曖昧に応じ、「でも、なにか行動しないとね。なにより、ノアがどうなったのか調べる必要があるわ」

「よし」アトランは目の前にある荷物袋をさししめした。「まずは装備を確認しよう」

そうするあいだ、かれはテラニア銀河動物園の悪夢についてふたたび考えた。サーベルタイガーと、暗殺未遂事件のことを。

あれは自分の下意識が、実際の記憶を呼び起こすことで、弱った精神に最後の刺激をあたえようとしたものだろう。

「だれよりきみを愛している、イルナ」アトランは唐突にいう。一見、まるで脈絡のない言葉に聞こえた。

だが、アルコン人にとってはそうではない。イルナのほうも、なぜかれがそんな言葉を口にしたかわかっている。いまにも生命の危機が訪れようというとき、晴れた空からいつ死が襲ってくるかわからないとき、あふれる感情を口にしないのはおろかなこと。恥じる必要などない。ふたりの意識はそれを知っているのだ。

「わたしもよ。だれよりあなたを愛しているわ、アトラン」彼女はやさしく応じた。

5

「すべて異状なし！」現在時点にいる《リンクス》のテンポラル転送機技術者、ラヴォリーが転送機通信で知らせてきた。二秒先の未来にいる《ツナミ＝コルドバ》とは常時つながっている。

「表面的にはな」ラトバー・トスタンはそう応じて歯をむきだし、狼のように恐ろしげな笑みを見せた。「だが、実際はちがう。アトランとバス＝テトのイルナがラス・ツバイのテレポーテーションでパガルに着いたのは十一月十一日だ。きょうは十一月二十三日だというのに、なんの音沙汰もない」

「ノアが故障したのかもしれないわ」《ツナミ＝コルドバ》の超空間記号論理学者、メインティ・ハークロルが口をはさむ。

トスタンは首をまわし、ひろい司令室の一コンソールにすわっている華奢（きゃしゃ）な女性要員を見おろした。まるで、狙いを定めた獲物の栄養価を吟味する恐竜のような顔つきで。

「それはありえない」アダム・ピッテンブルクが反論した。ジェフリー・アベル・ワリンジャーの弟子である天才ハイパー物理学者がいうには、「コックとわたしとで組み立てて、徹底的にテストしたんだから」

「コケコッコー!」と、叫んだのはポージー・プースだ。いつものようにトスタンのわきの下におさまり、くつろいでいる。「あなたたちが抱いた卵は孵らなかったんですよ、アダム。ロボットの名前が雄鶏だから当然です」

「雄鶏は卵を抱いたりしないぞ!」ピッテンブルクはうっかり訂正したあと、自分をやりこめようとする相手の術中にはまったと気づいて赤面した。仕返しのつもりでいう。

「そろそろ昼めしにキュウリのサラダを食べる時間だな」

ポージーはキュウリ状のからだをそびやかし、四本腕を脅すように揺らして、

「聞きましたか、ねえ? この男、まったくもって野蛮な食人種ですよ!」

「そりゃ大変だ」トスタンはわざと驚いたふりをする。「おお、あわれなヴァハテンハイン!」

「あわれなヴァハテンハイン?」ポージー・プースはおうむ返しした。

「行方不明なのさ、アダムと仲間三人がキャビンで秘密のパーティを開いたときから」

と、銀河ギャンブラー。「偶然そこを通りかかったロンベの話によると、四人で焼き肉パーティをやっていたらしい……で、翌日、ソラリウムの芝生に大きな骨が落ちているのをアーロンが見つけたそうだ。肉をかじりとったあとのね」

「とんま！」ピッテンブルクがいきり立つ。

「とんまって、なんです？」

ポージー・プースはそう訊いたものの、大きな友の〝死人顔〟を見て、おふざけの時間は終わりだと悟った。トスタンのミイラみたいな皮膚は頬骨のあたりがいつも以上に張りつめ、両目は燃える石炭のごとく光っている。

全周スクリーンの映像を見ると……パガル近傍の宇宙空間でなにか決定的なことが起きているのがわかった。

《ツナミ＝コルドバ》はATGフィールドに保護された状態でラビール・ゾーンを移動している。だが、いまスクリーンにうつしだされたのはラビール・ゾーンのぼんやりした赤い輝きではなく、二秒〝奥にある〟相対現在の状況だった。特殊機器を介して表示されていた。

まず目立つのは、こぶし大の白い惑星パガルだ。その高い反射能（アルベド）はテラの金星を思わせるが、ウシャアル連星系の第二十二惑星には金星とはまったく異なる環境がひろがっている。空気は呼吸可能で、気温は摂氏二十度から八十度までのあいだ。しかし、ものすごい量の水蒸気におおわれているため、全体が白い球のように見えるのだ。地表がどうなっているのか、肉眼ではわからない。

とはいえ、問題はそこではなかった。種々の探知システムがあれば、洗濯場のように濃い霧のなかさえ見通すことができるから。

問題は、この惑星にアトランとイルナが十二日ほども滞在しながら、なんの連絡もよこさないことである。ATGフィールドにつつまれた《ツナミ＝コルドバ》のほうはすくなくとも十数回、アラトと名づけられた山に向けて強力なシグナルを発しているのだが。

それをノアが受信すれば、アトランとイルナに転送される。そうしたら、なにがあっても応答がくるはず……発見される危険がよほど大きい状況でないかぎり。

だが、その場合でも反応はあるはずなのだ。すくなくとも、ノアみずから受信確認シグナルを送ってくることは可能なのだから。

それもないということは、ノアは破壊されたのだろうか。あるいは、ハウリ人施設のどまんなかにいるのか。発見されて警報が発令される危険があるため、応答シグナルを送れないのかもしれない。

なんといってもハウリ人とヘクサメロンにとり、いわゆる物質シーソーがあるパガルは非常に重要な惑星なのだ。それを使って通常宇宙の一銀河をまるごとタルカンに持ってこようというのだから。

移送予定日はNGZ四四七年十一月三十日。

あと七日しかない……

*

「われわれがやろうとしているのは、いかれた作戦だ！」ラトバー・トスタンはがなりたてた。「遅くとも十一月三十日までに物質シーソーを破壊しなくてはならないのに、これまでにわかったのはそれが存在することと、作動したらどうなるかということだけ。構造も外見も設置場所もまったくわからないのだからな。絶対にいるはずの敵がどのような防御措置をとっているかも、もちろん不明だ」

「つまり、まったくもって実行不可能な作戦ということ」ポージー・プースがぴいぴい声でいう。「中止するしかありませんね」

「中止するだと？」銀河ギャンブラーは自分の皮膚を骨から引きはがすといわれたような顔でくりかえした。「まったくもって、きみはいかれたやつだな、キュウ公」

「だって、いま自分でいかれた作戦といったじゃないですか、大きな友」精鋭シントロニカーは情けない声を出した。「じゃ、いったいなにを信じればいいんです？」

トスタンはひとさし指でおもむろにスヴォーン人の鼻をつついた。キュウリ形胴体の細くなった上部にかわいらしい顔があるが、鼻とおぼしき出っ張りはほとんどわからない。

「わたしみたいにいいたいことをいう者は、自分の言葉をいちいち吟味していられないのさ、ちび」と、トスタン。それから真剣な顔で、「むろん、われわれがやろうとしているのはいかれた作戦だ。だが、いかれた作戦ならすでに何度もやってきている。物質シーソーが動きだす前に中止なんぞするものか。ここを去るのは、アトランとイルナの安全を確保してわが艦に収容してからだ。さもないと、なにもかも地獄と化すぞ。まったくもって」

「わたしの言葉をまともに受けとらないでください、骸骨男！」

ポージー・プースは友のわきの下から逃れると、ミニTSSのグラヴォ・パックを使ってメインティ・ハークロルのところへ向かった。シートの背もたれに着地して、メインティの左耳に口を近づけ、

「だれもわたしのことをわかってくれません」と、嘆いてみせる。「みんながわたしをばかにする。テラナーよりもからだが多少ちいさいものだから」

「それはちがうわ」超空間記号論理学者は笑みを浮かべてささやいた。「ラトバーみたいな人は、いつだっていやみをいわずにいられないの。それでもゾンビ男はあなたが好きなのよ」

「本当に？」ポージーは疑り深い口調で、「だったら、なぜいつもあんなに無作法なのですか？」

「ほかの態度はとれないのよ。あなたも知ってるとおり、かれ、精神に障害があるか

ら!」

司令室のあちこちからくすくす笑いが聞こえた。ラトバー・トスタンの耳がしだいに赤らんでくる。

「ああ! それならいろいろ納得がいきますね!」スヴォーン人はほっとしたようにいったあと、声をひそめてつづけた。「だけど、あなたはかれとはちがう、メインティ。わたしを好いてくれますよね? わたしもあなたのことがめちゃくちゃ好きなんです」

「もちろん、わたしもあなたが好きよ」メインティは軽く返した。「言葉はいらないでしょ」

「ふだんならそうですが、いまは生死をかけた作戦のただなかにいます。もしわたしが生きて帰らなかったら、思いだしてください……あなたのことを、まったくもって心から愛していたんだと」ポージーは涙をぬぐった。「あなたを単独相続人に指定して遺言状を書きます。そしたら、かつてラトバーが築いたよりもっと多くの財産が手に入りますよ、メインティ。でも、これはふたりだけの秘密。いいですね?」

メインティは思わず唾(つば)をのんだ。ポージーがこんな約束をするときはいつも真剣だし、本気で実行するつもりだとわかっている。だが一方で、かれが貯めこんだらしい財産をあてにする気はなかった。それを自分にのこすつもりだといわれても。

そのとき《ツナミ=コルドバ》艦長の命令が鋭く響きわたり、彼女を窮地から救った。

「全員、戦闘準備よーし！」

この特徴あるイントネーションは、前にラトバー・トスタンが言及したところによれば、はるか昔の地球における海軍司令官が使ったものらしい。

「キュウ公、持ち場につけ！」トスタンがおや指でさししめしたのは、艦長席の主コンソールに固定された専用シートだ。

「なにが起きたんです？」と、ポージー。

次の瞬間、相対現在から〝呼びだされた〟映像を見て、みずから答えを知った。全周スクリーンにうつっているのは、いま超光速段階を終えて通常空間に復帰したばかりのハウリ船三隻だ。

パガルにコースをとっている……

＊

鹵獲した三隻の船は三角形フォーメーションを組んでいた。先頭を行くのは《ハウレクス》。通常エンジンも超光速エンジンもたよりないため、ラトバー・トスタンはスクラップと呼んでけなしたのだが、それでもすでにゼレンガアでの作戦行動のさい、実証テストに合格した一隻だ。

あとの二隻にはまだ《キニガン》と《イシャル》というハウリ語の名前がついている。

《ハウレクス》にくらべると、この二隻はずっと価値が低い。解体して部品を利用したから。ある程度《ハウレクス》を機能させるためだった。

それでもこれ以上、もう持ちこたえさせる必要はない。

「封鎖ゾーンまで、あと五百万キロメートル！」トスタンが確認する。「パガルとジェゼトゥの監視施設はあの三隻を把握しているはず。われわれとちがって相対現在を飛行しているから」

「くそ、サラアム・シインはどこにいる？」ジュリアン・ティフラーがじれったそうにいった。かれもいま《ツナミ＝コルドバ》司令室にいる。

「ここだ！」と、歌うような声が聞こえた。オファラーの発話器官は有機性のシンセサイザーになっている。サラアム・シインの奏でたトリルを、艦載シントロンがインターコスモに翻訳したのだ。

オファラーの名歌手はみじかい脚でちょこまかと司令室に入ってきた。とりわけ重要な作業の場合にしか使われない、主シントロンの小型通信室から出てきたところだ。

上方の触手すなわち〝触角束〟に、主シントロンのシンボルが印字されたフォリオを持っている。

「うまくいったか？」

ラトバー・トスタンが急かすように手をさしだした。その手にサラアム・シインは印

字フォリオを押しつけて、

「もちろん！」と、フルートのような高い音色でさえずった。「パガルの物質シーソーに関する曲をつくり、艦載シントロンに指示して、それを平易なデータに置き換えさせた。そうしないと、残念ながらあなたがたには理解できないから」

フォリオを読むトスタンの顔がしだいに明るくなる。

「これは傑作だよ、サラアム。すべてのメインおよびサブセンターが記載された設計図と見取り図だ。おまけに、弱点となる場所までわかる。これはかつてのUSOスペシャリストでも、かなりの天才しか見つけられまい」

ティフラーも隣りにきて、シントロンのデータを検分した。額にしわをよせ、

「なぜノアが沈黙しているか、これでわかったぞ」と、苦い笑みを浮かべる。「物質シーソーの中央システムが存在するのは、よりによってアトランとイルナが通信ロボットを配置した山じゃないか」

「アララトですか？」ラヴォリーが口をはさんだ。《リンクス》は相対現在にいて距離もかなりあるため、パガルやジェゼトゥから探知される危険はない。《ツナミ＝コルドバ》とはいまも転送機通信でつながっている。

「まさにそこだ！」トスタンが恐ろしげな顔で、「しかも、エネルギー供給センターと防衛システム制御施設にあたる建物が六棟、ぐるりとアララトの麓（ふもと）をとりまいている。

奇妙なのは、要員たちの拠点が山の上でなく、厳重に守られた地下深くの一ブンカー内にあること。通常エネルギー・バリアと反プシ・フィールドで防御されている」

「それが障害になることはないでしょう」メインティ・ハークロルだ。「むしろ逆に、ハウリ人要員がそれほど深く立てこもっていれば、ブンカーの外でなにが起きたか気づきにくいはず」

「このブンカーはずいぶん昔に建造されている」トスタンは確信し、ミイラのような顔をゆがめてにやりとした。「つまり、われわれに対する防衛措置ではないわけだ」

「だったら、べつの侵略にそなえたことになるが」ティフラーがもどかしげに割りこむ。「なんのための措置だろう、ラトバー？」

銀河ギャンブラーは真剣なようすで考えこんだ。印字フォリオに顔を近づけ、すみずみまでじっくり眺める。やがて、皮肉めかした口調でこういった。

「侵略に対する防衛とは、準備万端ととのえて反撃の可能性をつくるためのものです、ティフ。ところが、このブンカーの構造を見るに、そうした可能性はどこにもない。したがって、これは純粋に防御のみを目的とした措置ということになります」

「ハウリ人のメンタリティによるものかな？」アダム・ピッテンブルクだ。

「かれらのメンタリティからすれば攻撃志向のはずよ」メインティが反論した。「それに、パガルみたいにきわめて重要な惑星なら侵略の恐れはある。でも、ブンカーにいるハウリ人はそれに関与していない。そう考えると、サラアム・シインとトスタンがこれまでに見落としたか、あるいはハウリ人の物質シーソー計画にふくまれていなかったファクターが、どこかにあるのかもしれない」

「わたしはなにひとつ見落としていない」と、ラトバー・トスタン。「しかも知ってのとおり、われらが名歌手がなにか見落とすこともありえない。サラアムが膨大なデータの山をどうやってひとつの曲につくりこみ、そこから内容を再現するのかは、いまだに謎だが」

かれは振り向き、フェルマー・ロイドに目をやった。出動にそなえてフル装備を身につけている……トスタンやポージー・プース、ラス・ツバイと同様に。

ロイドは苦悩しているようだ。

「思考はブロックしないとアトランが約束していたにもかかわらず、これまでずっとコンタクトできなかった。ところがいま、いきなり思考がどっと押しよせてきたのだ。あまりに大量で、どこから手をつけていいかわからない」

全員、当惑したようにテレパスを見る。すると、《リンクス》にいるラヴォリーがこういった。

「あたりまえですよ！　相対未来から耳をすましても明確な思考はなにひとつキャッチできません。まず、現在時点にもどってこないと」

「ああ、そうか！」ロイドはティフラーに問うような目を向ける。

ティフラーがうなずこうとしたとき、トスタンが割りこんだ。

「とっくにそうしているべきだった。しかし、もう遅い。あと数分でハウリ船三隻のスクラップ部隊が封鎖ゾーンの境界に到達する……身元確認はうまくいかないだろう。こうなったら、いますぐ作戦開始するか、しばらく延期するかだ」

ティフラーが決断力のあるところをしめした。

「いますぐ開始する！　出動要員は準備完了せよ！　ラス、計画どおりきみが先遣隊だ。わたしは《ツナミ＝コルドバ》の指揮を引き継ぎ、艦を十五秒間だけ相対現在にうつす。そのあいだに出動要員は《ハウレクス》へ移乗すること。よろしいか？」

「ノー！」ポージー・プースがさえずった。「まったくもって、ぜんぜんよろしくありません。フェルマーを混乱させた思考は相対現在からきているのに、われわれみたいに有能で経験豊富な出動要員がそこにもどって確認しないなんて。つまりそこに、明晰な思考をじゃまするなにかがあるんです……なにか不気味なものが、あのパガルに」

「では、作戦開始を遅らせないと」と、ティフラー。

「そうしたら、アトランとイルナが危険にさらされてしまいます」スヴォーン人が反論する。「地獄に飛びこむ覚悟で出動するしかないでしょう」

「それでこそ、ファイターもわたしも望むところ！」主ハッチのほうから低い声がとどろきわたった。

トスタンがそちらを見る。

装甲ハッチがスライドして開き、オクストーン人チャトマンとかれのオクリル、ファイターが立っていた。

「きみはまだ生体修復プロセスの最中だと思ったが？」と、銀河ギャンブラー。

「ひとつやふたつの傷でか？」チャトマンが訊きかえす。「火に少々あぶられただけだ……ファイターはもっと影響がすくない。パガルへの出動準備はできている」

「艦内病院の首席医師に参加していいといわれたのか？」ティフラーが疑うように問いつめた。

オクストーン人は意味ありげににんまりする。

「いつから杓子定規な役人になったんです、ティフ？」トスタンだ。

ティフラーはみずからに気合を入れ、

「チャトマンとファイターを出動要員にくわえる！」と、決定。「出発は十秒後だ。行け、ラス！」

成型シートをおりて出動要員の輪にくわわったトスタンにかわり、ティフラーが艦長席についた。ツナミ艦のあつかいにはなんの不安もない。

つねに自身の技術をアップデートしているから。

装備を身につけたラス・ツバイが最初の二名の手をとったのを目で確認すると、かれは《ツナミ＝コルドバ》を相対現在にもどした。

一秒後、〝ぽん〟という音がして、ツバイが最初のジャンプを実行したとわかる。十五秒のあいだにすべての出動要員がパガルに到着するはず。そうすれば、《ツナミ＝コルドバ》はふたたび相対未来に移行するのだ。

ツナミ艦は《ハウレクス》、《キニガン》、《イシャル》がつくる三角形のどまんなかにいた。それでもいずれにせよ、パガルの宇宙管制は探知するだろう。

しかし、すくなくとも《ツナミ＝コルドバ》に対して砲火を開くチャンスはない……

6

「注意！　鹵獲船が封鎖ゾーンの境界に到達しました」《ツナミ＝コルドバ》の艦載シントロンが知らせてきた。

ジュリアン・ティフラーは生涯ずっとそこにいたかのようにツナミ艦を操っている。頭上にサート・フードはあるものの、使っていない。

ふと空気の流れを感じた。ラス・ツバイがもどってきたのだ。

ティフラーは首をまわし、問うようにテレポーターを見た。

「最後の荷物です」ラスはそういって、パガル特務コマンド用の装備が詰まった黒い袋に身をかがめた。

そこでふいによろめき、つまずきそうになる。袋を持ちあげるというより、しがみつく格好になったラスを見て、ティフラーは額にしわをよせた。

頭のなかで警鐘が鳴る。

ひとこと声をかけようとしたが、ラスはすでに消えていた。いいたかった言葉は口にできないままだ。これが最後のテレポーテーションで、ラスはそのまま特務コマンドの面々とともにパガルにとどまるから。

「スライド爆弾、送出！」と、指示を出した。

コンソールについているユーリ・カッチェンコが的確に反応。

すでに送出チューブにセットされていた複数のスライド爆弾が、高圧縮窒素ガスとともに射出された。楕円軌道を描き、白い惑星の大気圏に抵抗なくもぐりこむ。

爆弾という名前は誤解を招きそうだが、これがパガルの地上で爆発することはない。特務コマンドのための追加装備を詰めこんだコンテナだから。物質シーソーの破壊に使うあらゆる種類の爆発物も搭載されているが、まずはどこを破壊するのがもっとも有効か、コマンドのメンバーが確認する必要がある。

なによりスライド爆弾は、ラスが特務コマンドをテレポーテーションさせた場所に着地させなくてはならない。

スライド爆弾送出とほぼ同時に、ティフラーはATGを作動させた。即座に《ツナミ＝コルドバ》はアンティテンポラル干満フィールドにつつまれ、二秒後の相対未来に移動。

それでもツナミ艦には特殊探知システムがあるので、引きつづきハウリ船三隻を観察できる。新技術により、すべての探知データがシントロンの仲介を通して全周スクリーンのセグメントに転送されるため、光学的にはそのまま相対現実を航行しているような印象になるのだ。

むろん、異通信に対する探知も機能する。

ハウリ船三隻が封鎖ゾーンの境界を通過してすぐに、それが反応した。

「パガル当局が鹵獲船に身元確認を要求」艦載シントロンの報告だ。「三隻は一連のシンボルを発信しました」

ジュリアン・ティフラーは無意識にうなずいた。

鹵獲船の発信した一連のシンボルが不完全認証になることはわかっていた。それはザプルシュⅢの宇宙管制に〝検定印〟をもらうためのもので、パガルに合わせたシンボルではないから。

「パガルからの応答です。〝身元確認、不完全！〟」と、シントロン。「日付コードと完全な身元確認インパルスをいますぐ送れとのこと」

「持っていないものはあたえられない」アダム・ピッテンブルクが割りこんだ。

「パガル宇宙管制からの要請です。ただちにエンジンをとめ、減速するようにと。身元確認ができない場合、攻撃すると脅しています」艦載シントロンがいう。

ティフラーは顔も動かさずにハウリ船を見つめた。三隻はかたくなに速度をたもったまま、不完全な身元確認インパルスを送りつづけている。それしかできないのだ。乗員はすべてロボットなのだから。ゼレンガアでラトバー・トスタンが、自分の思いどおりに動くようプログラミング変更したマシンである。トスタンは生命の危機が迫るなか、それをみごとにやりとげた。そのロボットをこんなにすぐ失うことになるとは、残念な気もする。

とはいえ、どうしようもなかった。

犠牲が生じるのはしかたない。敵はパガルへの攻撃を予測していたはず。なんといっても、すこし前にザプルシュⅢから警告を受けたのだから。すくなくともしばしのあいだ、実際に侵略行為を防いだのだと相手には考えさせておかねば。

それでも、鹵獲船三隻が同時にビームを二十本ほど受けたとき、ティフラーは遺憾の念で顔をしかめた。何度も爆発が起きたあと、船はばらばらになる。

数秒後、かれは悲痛な表情になった。パガル特務コマンドに装備をとどけるはずだったスライド爆弾も、そのほとんどが破壊されてしまったのだ。

コマンドの面々はどうにか即興でやっていくしかない。

「われわれはアララト上空の静止軌道にとどまり、推移を見守ろう」と、《ツナミ＝コルドバ》の要員たちに告げる。「《リンクス》は早めに方向転換したから、パガルの探知に引っかからなかったはず。パガルとその衛星近傍にはハウリ船の探知リフレックスがうようよしているからな」

「スライド爆弾がほとんど失われたのは残念です」宙航士のハーム・フォールバックがいった。

「損失は痛いが、パガルのハウリ人が二重に安心したことで埋め合わせできる。まずはかれらの船に見せかけた偽の攻撃をしりぞけたこと……それから、スライド爆弾による〝ほんものの〟攻撃に気づいて防衛したこと。こちらにテレポーターがいるとは夢にも思うまい」

そこまで確信は持てないが！　と、ティフラーはひそかに考えた。だが、口には出さない。乗員たちによけいな心配をかけたくないから。

それに、パガル特務コマンドの面々には全面的な信頼をおいている。かれらなら、平均的な人間やシントロンが可能と考える以上のことをやってのけるかもしれない。

そう思ったとたん、ティフラーの懸念はひたすらアトランとイルナへ向かった。こちらにコンタクトするすべがあるはずなのに、いまだ連絡がこないということは、かなりあぶない状態なのではないか。

ただひとつのなぐさめは、フェルマー・ロイドが相対未来のラビール・ゾーンでアトランのものと思われるもつれた思考を受けとったこと。ラビール・ゾーンというのは確定した未来ではない。まだ確定する前のさまざまな変数をふくむ出来ごとの〝入れ物〟にすぎないのだ。

時間学者たちはそういっている。

ラビール・ゾーンは一般的には〝先行現実〟と呼ばれる。そのなかにどんな不確定事項があるにせよ、現実が先行現実に追いついて現象が確定したとき、暗示されていたかたちで存在するとはかぎらない。

「幸運を祈るぞ！」ティフラーはつぶやいた。

7

「こっちだ！」ラトバー・トスタンは到達範囲を最小限に絞ったヘルメット通信で呼びかけた。

仲間たちにすばやく目をはしらせ、とくにチャトマンとファイターのようすを確認する。防御態勢をとっているが、命令ひとつで即座に攻撃にうつれるだろう。

とはいえ、防御や反撃が必要な事態を、パガル特務コマンドのだれかが見聞きしたわけではない。

ただ、USOにおける訓練とこれまでの経験の蓄積が、銀河ギャンブラーに告げるのだ……危険が迫っていると。

ラス・ツバイの異変にはなにか理由があるはず。テレポーターは最後のジャンプで装備の詰まったプラスティック・バッグを持ってきたあと、昏倒してしまったのだ。

「そこにいろ！」TSSの専用ポケットからグラヴォ・パックを使って外に出ようとしたポージー・プースに、トスタンはささやいた。

四つん這いになり、音もたてずしなやかな動きでツバイのもとに近づく。けっして周囲から目をはなさずに。

フェルマー・ロイドが身を低くしているのは、アムザン・エフニュルとハンネ・プレンツローのあいだだった。このふたりは有能な宇宙兵で、《ケフェウス》から出向してパガル特務作戦に参加している。《ツナミ＝コルドバ》では要員百五十名が生体睡眠ブースで人工冬眠状態にあるから。かれらを目ざめさせることはまだできない。複雑な覚醒プロセスは障害がのこらないよう細心の注意をもって実行する必要があるが、このところ矢継ぎ早に事件が起きたため、それを確実におこなうことができずにいるのだ。

フェルマー、アムザン、ハンネはあてにできる。オクストーン人とオクリルも。

ラス・ツバイはどうだろう。トスタンはテレポーターの前にかがみこんだ。

いつもは黒檀のようなアフロテラナーの顔色が淡いグレイになっている。部分的症状とはいえ、それが意味するところは明らか。ラスがもともと明るい肌の持ち主だったなら、この状態だと真っ青に見えるだろう……トスタンの直感による診断が正しければ。

脳障害か！

ラスのヘルメットはほかのメンバーと同じく閉じている。

トスタンは思いきってそれを開いた。外側デテクターの表示では、空気は呼吸可能で、既知の毒性物質は存在しない。気温も摂氏三十八度と許容範囲だ。

銀河ギャンブラーはラスの閉じたまぶたを片方あげてみた。その目を見てうなずく。

意識を失っているだけだ!

自分もヘルメットを開き、ラスの右耳に顔を近づけると、大声で名前を呼んだ。

だが、相手は顔の筋肉ひとつ動かさない。

こんどは頬をつねってみる。

眠っているか軽い失神状態であれば、叫び声をあげて飛び起きるだろう。トスタンはかなり力をこめてつねったから。しかし、やはりまったく反応はなかった。

「まったくもってあやしい」ポージー・プースがささやく。

「とりわけ、ラスが十二日前にアトランとイルナを連れてパガルへテレポーテーションしたあとも昏睡状態におちいったことを考えればな」トスタンも首肯した。

「あのときは《ハウレクス》にもどったさい、なんらかのハイパー指向性変換フィールドに影響されたと、ロドニナはいったが」フェルマー・ロイドが口をはさむ。

「早計な診断だったと思う。それでFPAシントロンが判断を誤り、《ハウレクス》の未熟なハイパーエンジンに影響されないよう警告を出したのだ」トスタンは反論した。

「今回の原因はそこじゃない。ラスは《ツナミ=コルドバ》からジャンプしてきたのだから」

「なら、原因はパガルにあることになる」チャトマンが大声で割りこんだ。オクリルの鼻づらをくりかえし平手でたたきながら、「ここにはなにか不気味なものがあるぞ。でなければ、ファイターがこれほど興奮するはずはない。わたしがなだめなかったら、とっくに飛びだしている」

「かくれた敵に向けてけしかけたらどうだろう」褐色の髪にいつも青白い顔のテラナー、ハンネ・プレンツローが提案した。

「いかん！」トスタンがいきり立つ。「慎重に行動しないと、敵を警戒させてしまう。そうなれば全員おだぶつだ。飛来してきた《ハウレクス》を回避したあと危険が去ったとハウリ人が考えるなら、話がうますぎるというもの」

かれはしわがれ声で笑い、つづけた。

「直感を持たないシントロンでなく、熟練宙航士の勘にたよって出動計画を立てるべきじゃないかと、わたしは主張したい。いまになってはっきりわかったことがあるのだ。物質シーソーほどの重要システムを擁する惑星なら、敵に対する効果的な防御兵器が設置されているにちがいない。さもなければ、ハウリ人はいかなる物体もパガルに近づけなかったはず。自分たちの船さえもだ……こないだの《ハウレクス》しかり、今回の鹵獲船三隻しかり」

かれは目を伏せて首を振った。そうしながらも、抜かりなく周囲を観察している。

「この防御兵器はとりわけ、超能力の持ち主に対してすばやい反応をしめすらしい……

どうやら、昏睡させて脳を無力化するようだ。前にラスが倒れたとき、あらゆる手段を使って調べていればわかったはず。船の設備に由来するハイパー指向性変換フィールドなんぞにやられたんじゃないと」

「しまった！」フェルマー・ロイドが口ばしる。「アトランとイルナも！　だからノアが反応しないのか。すでに十二日前、その不気味な防御兵器の犠牲になったのだ」

トスタンはこうべをあげ、テレパスをじっと見つめて笑みを浮かべた。当然ながら、恐ろしげなしかめっ面にしか見えないが。

「そんなに悲観的になるな、フェルマー！　アトランはただものじゃない。イルナだってそうだ。防御兵器にやられたのはたしかだろうが、死なずにすむ手段を見つけたにきまっている。相対未来を航行していたとき、あなたも自分でいったではないか。アトランの思考がどっと押しよせてきたと」

「ラビール・ゾーンに存在する現象は種々の変数をふくむため、確定的ではないのだ」テレパスは強調した。「それが実際どういう現象になるか、予言することはできない」

「なるほど。それでもわたしはアトランとイルナがまだ生きていると確信する。かれらの思考を、意識下のインパルスもふくめて探ってみてくれ！　とりあえず、どちらに向かえばいいかわかるだけでも儲けものだ」

「なにもキャッチできない。まるで超能力をブロックされたみたいに」フェルマーが嘆く。

「まさにそれこそ、ことの真相だな！」

トスタンはにんまりし、さらに注意深くあたりに目を光らせた。

奇怪な光景だった。ジャングルなのだが、木はあまり密に茂っておらず、あちこちに小川が流れている。下草はなく、地面は明るい指先ほどの直径の穴が無数にあいたグレイの石。とはいえ、さしせまった危険はなさそうだ。銀色の樹冠を通してウシャまたはアル、いずれかの恒星光が、虹色に輝きながら降りそそいでいる。

銀河ギャンブラーはからだを起こすと、ラスのほうをさししめし、

「かれを運んでくれるか、チャトマン？」と、オクストーン人にいった。

「グリーンのバナナに運ばせたらどうだ、隊長？」チャトマンは表情も変えずに応じる。すぐさまポージー・プースが大きな友の服についたポケットから出てきて、威嚇するようにいった。

「わたしを侮辱するなら、正面から戦ってノックアウトしてやる！　グリーンのバナナとは！」

だが、たちまち頭を引っこめた。トスタンがブラスターを持った手を高くあげ、いきなり集束ビームを連射したから。

ほんの数秒前、淡灰色の幹二本のあいだに、クモの巣に似たなにかが出現したのだ。

ブルーがかった銀色の金属繊維で編まれたネットのようで、大きさは五メートル×六メートルほど。それが揺らぎはじめ、やがて音のない爆発が起きたあと、かすかな圧力波を感じた。

ファイターが二十メートルほど跳躍したと思うと、数秒後には靄がかかる暗闇のなかにのみこまれた。チャトマンはラスの上にかばうようにおおいかぶさっていたが、悪態をつきつつ立ちあがり、オクリルを追いかけていく。

「いまのネットはなんだったのだろう、トスタン？」フェルマーが額をなでる。「あれが爆発したとき、頭を撃たれたような感じがした。いまはもう痛みはないが」

それから目を大きく見開いて、

「脳インパルスをキャッチしたぞ！」と、うれしそうに叫んだ。「アトランのインパルスだ」

銀河ギャンブラーが期待に満ちた目を向けるが、しばらくしてテレパスは、

「また消えてしまった」と、告げた。

「それでもアトランの脳インパルスだったのだな？」トスタンが確認する。

「ああ。ただ、内容は判断できなかった。フィルターがかかっているみたいで」

「どの方向からきたかわかるか？」

フェルマーはトスタンのななめ前をさししめし、

「あっちだ」

それからかぶりを振って、べつの方角を指さした。

「いや、こっちかな」

とほうにくれたようすで周囲を見まわしている。

「それじゃ無理だ」と、ギャンブラー。「こうなったら、オクリルにたよるしかない。アトランとイルナのところへ連れていってくれるかもしれん。神よ、ふたりの身になにも起きぬようにしてくれ！」

「神よ？」ポージー・プースだ。「まったくもってあなたらしくない言葉ですね。祈りを捧げる相手はマンモンじゃないんですか？」

「わかってないな、キュウ公」トスタンは気まずそうに応じ、嘆息した。「アムザンにハンネ、交替でラスを運んでくれ。ファイターとチャトマンのあとを追うぞ！」

＊

追加装備を積みこんだスライド爆弾の着地場所をあとで見つけるため、ラトバー・トスタンが木の幹近くにメモキューブをかくしておこうとしたときのこと。恒星ウシャおよびアルの隣りにさらに三つ、光る物体があらわれ、すぐにまた消えた。

「とまれ！」トスタンは仲間たちに声をかける。

全員、身を低くした状態で動きをとめた。ハンネ・プレンツローは意識のないラス・ツバイを肩にかついでいる。

「こちらの偽装工作に気づかれたのか」と、アムザン・エフニュル。「ハウリ人が鹵獲船三隻を攻撃したんだ」

「わたしが命の危険をおかし、必死でプログラミング変更したロボットもろともな」トスタンは苦々しげにつけくわえる。「実際、あんな苦労をする必要はなかった。なにより、トリックが役にたたなかったのだから。それに引っかかるほどハウリ人はおめでたくないってことだ」

「卑劣なやつらです！」ポージー・プースがののしった。「先に進みますか？」

「まだ待とう」と、トスタン。「鹵獲船が攻撃されたということは、スライド爆弾も発射されたはず」

「同じく攻撃を受けたようだ」フェルマー・ロイドが携帯用小型探知機の表示を確認。「いまのところ十九回、爆発が起きている。二十、二十一、二十二……」

それから数秒待って、トスタンは、

「スライド爆弾はぜんぶで二十四あった。フェルマーのカウントが二十二で終わりなら、ふたつがぶじのこったということ。じきに着地するだろう」

そのとたん、木々の梢がざわめいた。笛のような甲高い音が聞こえ、やがて低いうなりに変わる。

すぐに、濃いグレイの箱形物体がふたつ見えてきた。へりや角はまるみを帯びている。大昔のテラの巡航ミサイルを思いださせるが、垂直尾翼も水平翼もなく、反重力システムとパルセーター・エンジンだけで動かすしくみだ。

箱は木々のあいだを抜けて地面に軟着陸した。

特務コマンドのメンバーは急いで駆けより、開封する。

ひとつめの箱を開けたアムザン・エフニュルが悪態をつき、腹だたしげに中身を引っかきまわした。

「トイレットペーパー、組み立て式トイレ、ハンドタオル、消毒薬、除染用乳剤！　こんなもので物質シーソーを破壊しろというのか？」がっかりしてどなりちらす。

「ま、必要な品々ではあるがね」トスタンだ。「不運だったな。敵の攻撃を逃れたのがこれで、肝心の武器が入った箱じゃなかったのは……ただし、これだけは例外だ」

そういい、いま開けたもうひとつの箱の中身を指さしながら説明する。

「爆弾用コード、インターヴァル雷管、偽装バリア・プロジェクター、核弾頭起爆装置、小型ロケット砲……」

「それに、大量のリップクリーム」ハンネ・プレンツローが苦々しげにつけくわえた。

「百本はありそうだぞ」

トスタンは入れ歯を豪快にむきだした。唇がしわくちゃなため、どのみち歯はつねにむきだしなのだが。そうやると、ますます骸骨顔に見える。

「リップクリームじゃない。ロボット制御の多機能ゾンデだ」と、宇宙兵のコメントを訂正した。「小型ロケット砲につけてぶっぱなすと、偵察や偽装に役だつほか、陽動作戦や個体バリアにも使える」

かれはロボット・ゾンデを二ダースほど自分の装備バッグに入れ、ほかの者たちにもそうするようすすめた。あとの武器もバッグに詰めこむ。衛生用品が入った箱はまた封をし、その場にのこすことにした。あとでだれかがとりにくるかもしれない……だが、それはまずできないだろう。かといって、箱の中身を各自で持ち歩くこともできない。そうするのに必要な反重力プラットフォームも、ほかのスライド爆弾と同時に破壊されてしまったから。

そこでようやく、一行は出発する。

オクリルのシュプールをたどるのはたやすかった。鋭い鉤爪を持つ力強い前足が、むきだしの石の地面にくっきり跡をのこしていたから。しかし、チャトマンについてはそうはいかない。硬質プラスティック製ブーツとはいえ、底はたいらだ。地面にあいた無数の穴のまわりにときおり、ぼろぼろの黒い腐葉土みたいなシュプールがかすかに見えるだけである。

特務コマンド隊長の特権で、ラトバー・トスタンが先頭をつとめた。周囲に休みなく目を配りつつ進む。地面をうかがい、明るいグレイの木の幹を見あげ、銀色に光る樹冠を観察し、とりわけ木々のあいだに神経を集中した。

つねに危険と隣り合わせなのはまちがいない。プシオン性の作用をおよぼす例の〝ネット〟がまた、いまにも木々のあいだにあらわれるかもしれないのだ。くわしいことはわからない。わかるのは、ブラスターで殲滅できるという事実のみ。

相互結合銃や大型ビーム兵器がここにないことを、トスタンは残念に思った。これまで何度もそれらのおかげで難を逃れ、命を救われたもの。とはいえ、パガルの高重力下で大型兵器を使うのはきびしいだろう。一・二五Gはテラの標準重力とくらべて極端に高くはないが、つねに自分の体重が二十五パーセント増しであることにくわえ、大量の装備を運んでいるのだ。探知の危険があるため、とうぶんグラヴォ・パックは使えない。

十分が経過して、二十体ほどのネットが同時に木々のあいだにあらわれたとき、トスタンはもう驚かなかった。

警告の言葉を発すると同時に、すでにジャンプしながら発砲していた。仲間たちも同じく武器を発射。

突然、フェルマー・ロイドが金切り声をあげた。両手で頭を押さえ、やみくもに駆けだしていく。

トスタンは一瞬、パラライザーでテレパスを麻痺させようかと考えたが、やめることにした。そのとき、ポージー・プースが専用ポケットから飛びだし、大急ぎでフェルマーを追いかけはじめた。

自分もあとを追いたい気持ちをおさえ、歯を食いしばって位置を変えると、次のネットに向けて発砲する。

ネットはくりかえし音もなく爆発するものの、数はまったく減らなかった。次々にあらわれてどんどん増えていき、しだいにあたりが暗くなる。

ついに完全な闇が訪れた。まったくなにも見えない。

トスタンは乱暴な口調で悪態をつき、武器をおろして通信で仲間たちに呼びかける。どこからも応答はなかった。孤立してしまったらしい。未知の危険のなか、銀河ギャンブラーはスヴォーン人の友の身を案じて、ひとり立ちつくした。

8

「宇宙船だわ！」バス＝テトのイルナはささやき、立ちどまった。

うしろにぴったりついていたアトランも立ちどまり、彼女の肩ごしにすり鉢状の谷底を見おろす。ふたりは五時間ほどかかって明るいジャングルや沼地を抜け、むきだしの岩地を歩き通して、この谷の縁に到着したのだ。

谷底には草やひねこびた低木のほか、なにもない。だから、その宇宙船は全体が見わたせた。

長さ二百メートルほど、赤褐色のボディは卵形で、いちばん太い部分が直径百メートルほど。船尾近くに黒い箱のような大型エレメントが四つ、等間隔でついている。アルコン人は額にしわをよせた。コメントはしない。

イルナはコンビ銃を抜き、パラライザー・モードにした。アトランもそれにならう。

だがとりあえず、谷の縁にとどまってしばらく観察することにした。

「横倒しになっている。正常に着陸しなかったのだな」アトランがいう。「ふつうなら、船尾を下にして立っているはず」

「でも、損傷は見あたらない」イルナは反論した。「だから、不時着だとしてもおだやかなものだったでしょうし、垂直に降下してきたのはまちがいないわ。地面に跡がのこってないもの。乗員がどうなったのか気になるわね」

「わたしもだ」アルコン人は笑みを浮かべ、「だが、もっと気になるのは、これがいつ着陸したかだな。茂った草におおわれたり汚れたりしていないところを見ると、きのう着いたのかもしれん」

「あるいは千年前に」と、イルナ。「掩護（えんご）してくれる？」

アトランはうなずいた。

コンビ銃にくわえ、出動用武器のひとつを使うことにする。背中にバンドで吊りさげていたもので、細長い望遠照準器のような見た目だ。それを左肩から前方へ滑らせ、多機能ゾンデつき円形弾倉が装塡されているのを確認。

イルナが十五メートルほど先でかがみこみ、ふくらはぎの高さの草むらにかくれた。彼女の特殊セランの〝カメレオン効果〟にアトランはあらためて感心した。表面の素材が草のまだら模様にすぐさま反応し、カムフラージュするのだ。数歩でイルナの姿はほとんど見えなくなった。そこにいると知っているから、アトランにはわかるだけで。

宇宙船からは三百メートルほどしかはなれていないが、そばで動くものは見えない。

イルナはすばやく立ちあがり、カモシカのように駆けてから、また二十メートルほど先で身を低くした。

次の瞬間、アルコン人も走りだし、十五メートルほど行って草むらにかくれる。

ほんのすこし、練兵場の新米兵士になったような気分がした。イルナも自分も高機能のグラヴォ・パックを持っているのに使わず、もっぱら〝足さばき〟の訓練をしているのだから。

だが、探知機で判明する異状はすべて避けられるとわかっているので、当然ながらその気分はすぐに消え去る。それにしても、ハウリ人が大規模な敵対行為に出てこないのは驚きだ。これまでにわかった事実を考え合わせると、パガルの自然が未知者に対してしかけてくる攻撃は、けっして本能的反応ではない。そこには知性体によるプログラミング操作がある。だれかが背後で糸を引いているということ。

ハウリ人が。

そうとしか考えられない。かれらにとり、物質シーソーがあるパガルはタルカン宇宙のハンガイ銀河でもっとも重要な惑星だ。十一月三十日、ハンガイの第三クオーターがメエコラーに遷移したらすぐ、かれらは物質シーソーを使って通常宇宙のM－33銀河をタルカンに移送するつもりでいる。

そのパガルが通常の防衛システムで守られていると考えるとは、自分もふくめ関係者全員あまりに単純すぎたと、アルコン人はすでに認めていた。ハウリ人はもっと抜け目ない策をほどこしていたのだ。ヘクサメロンの権力者が知恵をつけたのかもしれない。こぶし大の石さえ通過できないようにするため、宇宙空間におけるパガルの防御を強化したわけではなかった。そんな必要もなかったのだ。かわりに〝内部防衛システム〟をそなえさせたから。

イルナにゼロ夢とペドトランスファーの能力がなかったら、この内部防衛システムのせいで彼女も自分も死んでいただろう。そう率直に認めるしかない。すべてのあの卵形船の乗員たちも、パガルの内部防衛システムの犠牲になったのだ。

状況がそれをあらわしている。

ふたたびイルナが立ちあがった。前方へと走り、さらに二十メートル先でかがみこむ。ところがそのとき、わずかのあいだ動きをとめた。

イルナという女をよく知らない者なら、気づかなかっただろう。だがアトランには、彼女がなんらかの異状をとらえたのだとすぐにわかった。

こんどは途中でかくれることなく、イルナのもとまで走る。

だが、すでにその一瞬前、彼女がとまった理由がわかった。

右耳の下につけたマイクロ受信機が、特徴的な反射シグナルをとらえたのだ。ノアが万一おろかにもハウリ人基地のどまんなかに着地した場合、発信するようにプログラミングしておいたものである。

　敵の基地内で非指向性シグナルを送ると見つかってしまうかもしれない。そこで、ノアはまずハイパーカムの要約モードでシグナルを一瞬、パガルの第二衛星に向けて発する。ここはだれも住まない死の衛星だが、たいらな金属地表がシグナルをよく反射するため、夏の風に乗って光速でもどってくるのだ……アトランとイルナにしか読めない暗号化シグナルのかたちで。

「どうしてもっと早く受信できなかったのかしら？」と、イルナ。

「妨害フィールドのせいだ」アトランは答え、周囲と未知船を鋭い目で観察した。「どうやら、ここではそれが作用していないらしいな」

「だったら、ここから第二衛星にコード・シグナルを発信すれば、ノアと間接的にコンタクトできるかも」

「たしかに。ノアはこれまでにパガル近傍の宇宙空間で飛びかった通信をキャッチし、保管している。それをうまく偽装してから再生すれば、赤ん坊みたいに事情がわからない状態から抜けだせるだろう」

「まずはあの船を調べましょう！」

　ふたりはまた、進んではかくれるというやりかたで先に進んだ。

　しばらくして未知船に到着。船尾垂直安定板近くの開いたエアロックからなかに入る。

あらゆる防御措置をくりだしながら、慎重に船内を調べた。それからふたたび外に出て、船から距離をおく。

「乗員はヒューマノイドに近い生物だったらしい」アトランはエンジン装置と思われる箱形エレメントをもう一度見て、考えこんだ。それからかすかに首を振り、「おそらく下船したあと、例の作用にやられたのだろう。われわれもうすこしで同じ目にあうところだった。だが、そろそろ本来の任務にとりかからねば」

イルナはうなずき、セランのミニカムをオンにした。細く絞ったコード・シグナルを第二衛星に向けて発信。この瞬間、衛星の名を〝リレー〟にしようと決める。シグナルは南の地平線をこえ、靄がかかった大気のなかにもぐりこんだ。

＊

ふたりはパガルと第三衛星ジェゼトゥのあいだで行きかうハウリ人の通信を傍受した。そのなかにタルカン遠征隊に関する内容は出てこない。

とはいえ、案ずる必要はないだろう。重要そうな暗号通信は山ほどあるから。ただ、いまアトランとイルナが持っている手段では解読できないというだけで。

とにかく、すこし前にハウリ人の部隊がジェゼトゥからパガルに向かったことは判明した。おそらく、物質シーソーの作動開始期日がせまるなか、防御を強化しようというのだろう。

それから、三隻のハウリ船が飛来したこともわかった。身元確認が不充分だったため、封鎖ラインを通過したあと攻撃されたらしい。

このハウリ語のニュースをセランのピコンピュータが翻訳したのを聞いて、アトランとイルナは意味ありげな視線をかわす。

「ザプルシュⅢで鹵獲した船ね」イルナがほっとしたように、「トスタンの偽装工作だわ。ということは、その隙に特務コマンドがパガルに入ったはず」

「そうとも」アトランの表情はきびしい。「なのに、まだ内部防衛システムのファクターはすべて無害化されてはいない。仲間たちを見つけ、危険について警告せねばならん。あと、かれらが持ってきた爆発物も必要だ」

イルナは暗い顔になった。

「だったら、十一月十一日にラスに連れてきてもらった場所にもどらないと。そこにわたしたちがいなかったら、遠くへ探しに出るかもしれない。かれらがどっちに向かったか、わからなくなってしまうわ」

「かれらはあなたがたを見つけられる。わたしがそばにいれば」と、朗々たる声がした。

ふたりは驚いて振り向く。と、未知船の近くに華奢なヒューマノイドの影があった。明るい赤褐色の肌。もじゃもじゃの黒髪が耳の上で奔放にはねている。

その相手はセランを着用していた。耐圧ヘルメットは頸のリングに格納しているが。すこし吊りあがった目に、金色の瞳。その目が夜空の星のごとく輝いた。

「トヴァリ！」イルナは思わず口ばしった。「トヴァリ・ロコシャン！」

「ギフィ・マローダーです」ヒューマノイドが訂正する。

「深淵の地ではそう名乗っていたが」と、アトラン。「実際はカマシュ人のトヴァリ・ロコシャンだと自分でいったぞ。だいたい、どうしてここへ？　きみはザプルシュⅢで死にかけ、《ツナミ＝コルドバ》の生命維持タンクに入ったはずだが」

「ルログに連れてこられたので」かれの言葉には抑揚がない。「だけど、わたしの名は本当にギフィ・マローダーで、トヴァリ・ロコシャンではありません。カマシュ人でもない。アストラル漁師です。ここにはひとえに、ペルウェラ・グローヴ・ゴールを探すためにきました」

「意識障害と部分的記憶喪失ね」と、イルナ。「わたしたち、かれの面倒をみないと、アトラン」

「われわれが面倒をみるのは物質シーソーだ！」アルコン人はいきり立つ。「重要なのはそれのみ。ルログがこのひょうきん者をパガルに送りこんだのなら、ルログがまた連れて帰るさ。わたしはあやしげなペルウェラとやらを探すために指一本動かさないぞ。そんなことをするくらいなら、真っ裸になってやる！」

そのとき、イルナが息をのんだ。アトランははっとしてわが身を見おろし、ひろげた両手で一糸まとわぬ姿をかくす。

「ルログ、悪魔め！」マローダーはささやき、顔をそむけた。「アトランにセランを返すんだ、付属品もぜんぶふくめて！」

ふたたびフル装備で立っている自分に気づき、アルコン人はよろめいて蒼白になった。

「どういうことだ？」マローダーに威嚇するような目を向けて、「きみがなにかやらかしたのだな、この半人前め！」

「男の服を脱がすようなことはしませんよ」マローダーはひどくまじめな顔でいった。

「わたしになにができると思うんです、政務大提督？」

「もういいわ！」イルナが仲裁に入る。とはいえ、その目はアトランの〝ストリップ〟に関わったのはカマシュ人ではないかと疑っていた。どうやらトヴァリはまた、自分を素性の知れないアストラル漁師だと思いこんでいるようだが。「あなたがそばにいれば、仲間たちはこちらを見つけられるといったわね、トヴァリ」

「ギフィ・マローダーです」アストラル漁師が訂正する。「トヴァリ・ショコサンとやらではなく」

「わかったわ、ギフィ！」イルナは相手の両肩に手を置き、「仲間もわたしたちも本当に困っているの。なぜあなたがそばにいれば、かれらがこちらを見つけられるのか、教えてくれる？　なにか特別なことをする必要があるの？」

マローダーは額にしわをよせ、ためらいがちに答えた。

「いや、それは必要ありません。チャトマンとファイターもパガルにいるので、いずれオクリルがわたしのにおいを嗅ぎつけ、ここにオクストーン人を連れてくる。われわれはただ、ハヌマの最後の化身に注意すればいいだけ」

「ハヌマ！　パガルの内部防衛システムね！　それについてなにを知っているの、トヴァ……いえ、ギフィ？」

「ハヌマはかつて、惑星じゅうにひろがる精神集合体でした」マローダーは単調な声で答えた。「遺伝子操作によって本来のアイデンティティを奪われ、変身してしまった。ワタンガの木に花を咲かせ、花が見る夢をパガルの全土にひろげている。花はその夢のなかで周囲の物質を変容させることにより、あらゆる生物個体に害をもたらします」

「あらゆる生物個体に？」アルコン人がくりかえし、戦慄しながら周囲を見わたす。

「だから動物や鳥の姿がどこにも見えないのか。パガルで生きられるのは植物だけということ。しかし、ジェゼトゥから白い惑星にやってきたハウリ人部隊はどうしているのだろう？」

「通常のエネルギー・バリアと反プシ・フィールドで厳重に保護されたブンカーにいるわ」と、イルナ。「ゼロ夢を見ていてわかったの。だけどペドトランスファーでハヌマを乗っとったとき、精神が混乱して大きなショックを受けたため、忘れていた」

「そういうことか」アルコン人はうれしそうに、「つまりハウリ人は隔離状態にあり、ほぼなにも見聞きできないわけだ。自分たちは安全だし、侵略者はハヌマがすべてパガルの地表から追いはらうものとあてにしている」

「そのとおりね。そこに唯一、こちらの任務を成功に導くチャンスがあるかも」イルナはそういったあと、「ところで、わたしが強制的にハヌマの精神を一体化させる前、かれらはべつの名前を名乗っていたわ。ハヌマヤよ」

うなずいたアトランは、付帯脳の鋭い警告を感じとった。発射準備のできた武器を手に、振りかえる。

未知船がいる谷の反対側から、かさかさと不気味な音が聞こえたと思うと、明るいグレイの木の幹のあいだに突然、シルバーブルーに輝く金属繊維でできた巨大なネットが浮かびあがった。すばやく周囲を見わたすと、谷のこちら側にも。

それと同時に、ぞっとするような咆哮が響きわたった。だが、アトランは驚かない。オクリルの吠え声だとわかったから。

一秒後、オクリルのくすんだグリーンの肢体がジャングルの空き地にあらわれた。力強く跳躍し、真っ赤な舌を出し入れしながら船に突進していく。金星の稲妻にも劣らぬまばゆい電光のなか、なにかが蒸発した。それまで草にかくれていて気づかなかったものだ。

アトランとイルナはほぼ自動的に地面に伏せ、武器を手にあたりをうかがう。

だが、ギフィ・マローダーはその場にすっくと立ったまま、オクリルに向かって両手をのばしていた。まるで、おびきよせようとするかのように。

そのとき突然、プシオン平面で悲鳴があがり、アトランとイルナの意識を鞭打った。

ふたりはからだの制御を失い、なすすべなく地面に転がった……

9

ヘクサメロンの居所とナコード・アズ・クールのあいだの時空には〝自然に生じる〟境界がある。その彼方で《ヴァナグラル》は、あちこちへ移動していた。

ほとんど計測できないほどの時間に、数十億光年の距離を翔破したことになる。

まず、アルコンドゥ、マヌーテ、タルガヌルなど、いくつかの〝結晶化ポイント〟に立ちよってみた。いずこも異状はない。

次に、ホルタク、アフルイン、イムーライの各ポイントを訪れる。だが、長くはとどまらなかった。具象となるはずの凝集体は潜在したものの、第二勢力〝サチュ＝イムタイ〟の誕生はまだ先になりそうだと感じたから。

そして最後に、出発点へともどってきた。ナコード・アズ・クールへと。

ここではすべてが計画どおりに進んでいる。

それでもかれはおちつかなかった。ものごとの進行が特定のある時点に到達するのを、受け身状態で待ってはいられない。

不安なのか。

あるいは、好奇心がうずいているだけか。

うまく気持ちを表現できない……ヘクサメロンという有能者集団のなかで、炎の侯爵の肩書きを持つかれでさえ。

かれ、アフ＝メテムでさえ！

熟慮を重ねたのち、ある分岐点に《ヴァナグラル》で向かった。やがて決定的な出来ごとの舞台となるウシャアル連星系だ。そこでハウリ人の従者、スクタル・ドンク・パルトランを自船に収容し、おのれのもとに呼びよせた。

アフ＝メテムはかなり無愛想な態度で従者を迎え、こう切りだした。

「運命というのは多かれすくなかれ、その影を遠い未来まで投げかける。こうした影をじっくり見たところ、きみがパガルにおける義務をきちんとはたしていないのではないかという疑いが兆（きざ）した。これについてどう弁明する？」

炎の侯爵の燃える目を見て、ハウリ人は身を縮めた。

「おとがめを受けるようなことはなにもしていません、閣下！」と、断言する。「この前すでに申しあげたとおり、パガルへの不法侵入者はすべてハヌマヤが迎え撃ちます。かれらの手にかかれば、だれでも忘却の彼方に沈んでしまうはず」

「きみはそういうが」オレンジ色の斑点があるアフ＝メテムの顔は光を帯び、揺らめく炎を彷彿させる。金色の目が向かう先はハウリ人を突きぬけ、《ヴァナグラル》の内壁やその向こうにひろがる宇宙空間を見ているようだ。「今回、わたしは自問せざるをえない。なにものかが大挙してパガルに不法侵入したのではないか？」

「ほんのわずかの者が」スクタルは表現を弱めて、「ザプルシュⅢで鹵獲したと思われるハウリ船三隻を使い、宇宙防衛システムをだましてパガルに飛来しようとしたのです。しかし、船載ポジトロニクスにパガルおよびその衛星で有効なシンボル・コードが入っていなかったため、宇宙防衛部隊によって殲滅されました。そのすこし前、パガルからのインパルスで、数名の個体が惑星にやってきたと判明しましたが、もちろんハヌマの餌食になったでしょう」

「ハヌマだと？」アフ＝メテムが興奮すると目から金色の火花が飛び散り、ハウリ人は縮みあがった。「ハヌマヤではないのか？」

「ハヌマヤが一体化して共同体意識を形成したのです」アフ＝メテムの視線を恐れつつ、スクタルは答えた。

「なぜそんなことに？」まるで金属音のごとく、炎の侯爵の声がとどろきわたる。

「わかりません」スクタルは声を震わせた。

「きみが〝わかりません〟というたび、偉大な計画の確実性が失われるのだぞ！」叱責の雷が落ちた。「どうやって未知者がパガルに入ったか、それもわからないというんじゃあるまいな？」

ハウリ人はひざまずき、

「お許しください、閣下！」と、嘆願した。「ですが、異船がパガルに着陸した形跡はありません。宇宙管制の探知は完璧です。ただ、飛来してきた宇宙船が例の三隻だけでなく、もう一隻あったような印象はわずかに受けました。とはいえ、探知機の影が重複したものでしょう。すぐに戦闘機百機を飛ばして、殲滅した三隻の残骸の周囲を広範囲に調べさせたところ、四隻めの船もそのなごりも発見できませんでしたから」

「探知機の影が重複した？」アフ＝メテムはおうむ返しして、考えこんだ。「実際、そうかもしれんな。だが、パガルに対する敵対行為と、不法侵入者の出現……このふたつの事実は非常に疑わしい」

「は、閣下」

「立て！」炎の侯爵は恐怖をもよおさせる声で命じた。「ただちにパガルへ向かい、物質シーソーの施設を見張るのだ。けっして侵入者を近づけてはならん。施設はつねに作動可能にしておくように！」

ハウリ人は立ちあがり、へりくだって応じた。

「かしこまりました、閣下」

「きみがりっぱに義務をはたせば、支配者ヘプタメルも感謝するはず。追って沙汰を待て。偉大な計画に向けた準備がすべてととのったと確認するため、また近いうちに連絡する」

「は、閣下」

「さっさと行け！」アフ＝メテムは乱暴にどなった。「慇懃（いんぎん）なへつらいの言葉をえんえん聞いている時間はない。とにかく義務をはたすのだ。そうしなかったり、失敗したりしたら、生まれてきたのを後悔することになるぞ」

かれはハウリ人の退出を見送ることなく背を向けた。脳内にあるこぶし大の内部複合体を使い、ナコード・アズ・クールでの次の行動計画を練りはじめる。そこでくりひろげられる六次元現象に、〝ナアク・カプセル〟を用いてどう介入すれば、外部からの影響にじゃまされず、思いどおりに未来をつくっていけるだろうか……

＊

アトランとイルナが意識をとりもどしたとき、最初に見たのは、赤錆（さび）色の卵形船が内部から白熱している光景だった。ファイターはいない。

次に、オクストーン人チャトマンの姿が目に入った。軽インターヴァル砲を両手でかかえ、グレイの木の幹のあいだにあらわれる金属ネットを休みなく撃っている。

いちめんに淡紅色のオーラがひろがり、あたりを妖しく照らしだしていた。ウシャとアルの両恒星は沈み、空に浮かぶのは衛星リレーだけなのに、まったく暗くない。

だが、アトランとイルナの印象にもっとものこったのは、それまでつねにパガルの地表を〝うろつき〟、五百メートルにわたって視界をさえぎっていた濃い靄が、百パーセントとはいわないまでも、ほとんど蒸発していたことだ。

「あれを見て！」最初に気をとりなおしたイルナが、ななめ上を指さす。「アララトよ！」

アトランもそちらに顔を向け……高くそびえる山の偉容をはじめて目にした。ハイパー探知の結果によれば、アララトにまちがいない。その麓にいま自分たちは立っている。そして、頂上には小型通信ステーションの役目をはたすノアがいるのだ。

「ヘルメットを！」と、ささやく。「遠距離観察、開始！」

イルナとともに耐圧ヘルメットを閉じた。セランのシントロンがいくつかオンになり、アララトの頂上ゾーンに向けた探知・観察システムが作動する。

こうしてレムール人の子孫ふたりは、はじめて物質シーソーの施設を目のあたりにした。偽装フィールドがあるため、これまで宇宙空間からは探知できなかったのだが。

山頂はたいらにならされ、直径三百六十メートルほどの卓状地になっている。そこにシリンダー形の台座が六基あり、それぞれの上には漏斗形の構造物が屹立していた。放射システムにちがいない。真っ赤に輝くシリンダーの材質はおそらく金属だ。

「台座は直径三十メートル、高さ五十メートル」アトランはヘルメットの内側にうつしだされたデータを読みあげた。「漏斗の高さは百二十メートル、直径は下が三十メートルで上が八十メートルだ」

「あれがどんなふうに動くのか知りたいわ」と、イルナ。「本来ならなにか上位次元のエネルギーを吸引するしくみがあって、時間のロスなく集中的に近隣宇宙へ作用をおよぼすはずよ。わたしたちの使うハイパートロップ吸引に匹敵する技術をもとにして」

「わたしもそう思うが」そこでアトランは考えこみ、「ハウリ人のやりかたは、どう見てもわれわれのハイパートロップほど洗練されてはいないようだ。そうでないと、かれらがわれわれの宇宙まで亡者のごとくしつこくやってくるわけがない」

〈いまにその亡者に食われるぞ！　いつまでも上ばかり見て、まわりの出来ごとに目を配らなかったら〉付帯脳が苦言を呈する。

〈なにもかも一度にやることはできん！〉アトランは皮肉をこめて、〈まずとりくむのは本質的なこと、次に必要不可欠なことだ〉そういいかえしながらも、気持ちを切り替えて周囲のものごとにふたたび注意を向ける。

　チャトマンは相いかわらず、あらゆる方角を狙っていた。ふつうなら自走砲架で運ぶ大型兵器を、〝ふつうの生物〟がブラスターをあつかうみたいに操作している。四・八

Gという高重力の極限惑星で生まれ育ったオクストーン人でなければできない芸当だ。

それでも散発的にしか発砲していない。というのも、わずかな例外をのぞき、金属ネットはほとんど幹のあいだで爆発してしまったから。

「ファイターはどこへ行ったの？」イルナが訊いた。

チャトマンは最後のネットにビームをはなつと、笑みを浮かべながらイルナのほうへ振りかえり、おや指で卵形船をさししめした。

「あのなかですよ」と、丁重に答える。「わたしも追いかけます」

武器を肩にかつぎ、ゆっくりと大股で歩きはじめた。そのとき、ふいにジャングルのなかから人影がふたつあらわれ、地面すれすれを飛翔しながら卵形船に近づいていく。

アトランとイルナは即座に銃をかまえ、狙いをつけた。だが、オクストーン人がなだめるようにいった。

「あれはアムザン・エフニュルにハンネ・プレンツローといって、パガル特務コマンドのメンバーです。きっと、ゾンビ男に急きたてられてやってきたんでしょう」

「だけど、五次元性エネルギー放射が物質シーソーの近くで探知されたら見つかってしまうわ！」イルナはヘルメット通信で宇宙兵ふたりに呼びかける。「応答がない。アトラン、待ってて。わたし、あのふたりを追いかける。どこか変よ」

「ここにいてください！」チャトマンがイルナのほうへ頭をかしげた。「どうか、わたしにまかせて」

かれは武器をふたたび肩からおろして両手で持ち、大きくジャンプしながら宇宙兵たちを追った。その跳躍ぶりはオクリルにも引けをとらない。

「いったい、ここでなにが……?」

イルナがそういったとき、アトランは付帯脳の警告インパルスをキャッチした。夢遊病者のようにすばやく反応。イルナの上におおいかぶさり、ふたりして地面に倒れこむ。

そのとたん、ものすごい圧力波が上方で生じた。草も木も巻きあげられ、仲間たちは船の方向へと大きく吹き飛ばされる。

それから、あたりがしずかになった。

なにもかも死に絶えたごとく……

*

ラトバー・トスタンの周囲が、暗くなったときと同じく、いきなり明るくなった。

これまでパガルで経験したことのない明るさだ。

発射準備のできた銃を手に、ぐるりと一周してみる。

なにも疑わしいものは見あたらない。

木の幹のあいだに見えるネットはひとつもなく、すべてはしずかだ。

しずかすぎる。仲間たちの声もまったく聞こえないのだから。

トスタンはヘルメット通信のスイッチを入れ、到達範囲を五キロメートルに調整した。これくらいなら大丈夫だろう。仲間たちに呼びかける……パガルのどこかにいるはずのアトランとイルナにも。

どこからも返事はなかった。

「きみもか、ポージー！」トスタンはおおいに案じながらつぶやいた。「こんな殺伐とした宇宙でわたしをひとりぼっちにするなよ、キュウ公！」

「ぶつぶついってるのはだれ？」と、つぶやく声が受信機に聞こえた。

スヴォーン人にまちがいない。

「それが規定に沿った応答だといえるのか、四本腕のシントロン・ギャンブラー？」トスタンは黄色い入れ歯のあいだから声を絞りだす。

「ああ、だれだかわかりました！」スヴォーン人はうれしそうに、「ボス、助けてほしかったら、あなたの食糧を分けてください。でもその前に、わたしをこの沼から引きあげてもらわないと。グラヴォ・パックが故障してしまったので、まったくもって動けないんです」

トスタンは友のことが心配でたまらない。

「どこにいる？　ビーコンを送れ、すぐに行くから！」

即座にビーコンがとどき、トスタンの耐圧ヘルメットの内側スクリーンに発信場所が表示された。

グラヴォ・パックをオンにしようとすると、ポージー・プースがこういう。

「やめたほうがいいですよ、骨男。ここには作動中のグラヴォ・パックをばらばらにする昆虫がいるので」

「わかった」トスタンは応じ、ビーコンがきた方向へと走りだした。

すぐに汗だくになり、セランの空調装置がぴーっというおかしな音をたてる。そのとき、ななめになったつるつるの岩で足を滑らせ、十メートル×十五メートルほどの大きさの沼のなかに落下してしまった。見ると、テラのサラダ用キュウリによく似たなにかが手足をばたつかせている。

だが、銀河ギャンブラーは冷静だった。いつもベルトにつけているザイル……先端は鉤状になっている……をくりだし、近くの木に向かって投げる。

ザイルは鉤の重みで何周か幹に巻きついた。そのあと、なめらかな樹皮に鉤が食いこみ、がくんという衝撃がある。トスタンはザイルにつかまることができた。

それでも、沼の上に出ているのは頭だけだ。

「おお、ジャンモマイ！」ポージー・プースがささやく。「あやうく永遠に沈没するところだった。まったくもって間一髪でしたね、大きな友」

「ジャンモマイ？」トスタンはおもしろそうに、「いったいなんのことやら。こんど教えてくれ。ところで、わたしは沈没したりしないぞ。いざとなったらグラヴォ・パックを使うし、たとえ泥のなかでもヘルメットを閉じていれば数週間は生きのびられる。さ、こっちへ泳いでこい、キュウ公！　なんのために腕が四本あるんだ？」

そういい、右手をさしのべる。

数秒後、スヴォーン人は水をかきながら近づき、六肢ぜんぶでトスタンの腕にしがみついた。

トスタンはザイルを伝って沼から出ると、ポージー・プースを肩の上にのせて、

「なぜグラヴォ・パックを使ったりした、キュウ公？　緊急事態ではなかったはずだが」

「フェルマーを追いかけたんです。あと先かえりみず走っていったので、パラネットに絡みつかれるんじゃないかと心配で」

「パラネット？」

「木のあいだにあらわれたやつですよ。そう名づけました。あのネットが攻撃性を持って能動的にやってるのか、ほかの理由があるかはともかくとして、パラ力が関わっているのはたしかなので」

「パラ力なら、このくそいまいましい惑星全体に関わっている！」トスタンは悪態をつ

いた。「むろん、なにも知らない世界にテレポーテーションしたのがまずかったんだ。古きよきUSOの作戦計画はどこへ行ったのか。なにもかも素人芸だった！」

「それはティフとあなた自身に対して不当な言葉ですよ。アトランはもちろんのこと」スヴォーン人が悲しげな声を出す。「まったくもってリスキーな作戦でしたが、ほかにどうしようもなかったんです。時間がないから。六日後にはカルタン人がアンクラム・プロジェクトを実行する。そうしたらハンガイの第三クオーターがメエコラーに遷移し……それと引き換えにパガルの物質シーソーが作動して、三角座銀河がタルカンに移送されてしまう」

トスタンは両手をこぶしに握ってからふたたび開き、かぶりを振って嘆息した。

「まったくもってそのとおりだ、キュウ公」と、小声でつぶやく。スヴォーン人のちっぽけなグラヴォ・パックを点検して、「完全に食いちぎられてる。おかしな昆虫もいるもんだな」

「もういいから！　仲間たちを探しに行きましょう！」

ポージーはそういうと、細い腕をのばしてつけくわえた。

「あっちの方向です」

トスタンはうなずいてスヴォーン人を例の専用ポケットに押しこみ、歩きだした。

10

バス＝テトのイルナは身を起こし、頭をはげしく振って木の葉や草を髪から落とした。さっきまで赤錆色の宇宙船があった場所を目をまるくして見つめながら、アトランの肩を揺さぶる。

アルコン人はうめきながら目を開けると、片手を後頭部に持っていった。その手に血がつく。

「わたしの手当てをしてくれなかったな」嘆いてみせつつ、からだを起こした。

「なに弱気なこといってるの！」イルナはからかうように、「頭皮の切り傷は知ってたけれど、たいしたことないわ。気をとりなおして、あそこを見てよ！」

その言葉にむっとして鼻を鳴らしながらも、アトランは彼女がさししめした方向に目をやった。その瞬間、意識が完全に明晰になる。

「船が……消えている！」

「そして、かわりに洞窟の入口があらわれた」イルナがきっぱりいった。「アララトにつづく洞窟ということ。これがなにを意味するか、わかる？」

　アトランははっとして身をすくませ、無意識にまた後頭部に手をやってから、

「物質シーソーへの裏口だ」そう応じると、左右を見まわした。「チャトマンはどこにいる？　それに、あのおかしなカマシュ人は？」

「ここです！」だれかの声がした。

　アトランが目を細めて見ると、洞窟の開口部の前に、自分をアストラル漁師だと思いこんでいる……実際かつてはそうだったのだが……カマシュ人のシルエットがあった。かれのいる開口部は格納庫ハッチほどの大きさで、そこからアララト山の内部に入れるらしい。さっきまで未知船があった場所だ。

「いったいなにが起きたのだ？　だれか説明してくれないか」と、アルコン人。イルナを助け起こし、自分も立ちあがる。

「ルログですよ」ギフィ・マローダーことトヴァリ・ロコシャンは、この世でもっとも明白なことだといわんばかりの口調で答えた。「ばらばらになっていた自分のからだを、もとどおりくっつけたんでしょう。ルログがここに実体化したとき、船ははげしい内破を起こしました。本当ならわたしは死んでいたはず」

「偉大なる守護神がきみを救ったわけか」アトランは憤慨しながらアストラル漁師に迫った。「チャトマンとファイター、アムザン・エフニュルやハンネ・プレンツローのこ

とも救っていればいいがな。内破の瞬間、かれらも船内にいたのだから」

そういい、イルナを問うように見た。彼女がうなずく。ふたりは仲間たちの運命、すなわち所在を探るため、連れだって洞窟のほうへ進んでいった。

鋭い口笛が聞こえる。ふたりは動きをとめ、武器を手に振りかえった。

「撃つな！」ラトバー・トスタンだ。森の縁から叫んでいる。「わたしのからだに肉はわずかしかのこってないんだ。どうかそのままにしてください」

見ると、生ける死体はだれかを肩にかついでいた。

「ラス！」アトランが確認。「かれはどうしたのだ？」

「また、なかば失神状態になったので」と、トスタン。「フェルマーもいますよ。パラネットに絡みつかれて一種の電撃ショックを受けたため、すこし遅れてやってきます。パラガルってところはパラ監視者だらけのいまいましい罠ですな」

「われわれがはまったのは、まさに死の罠だった」アルコン人は応じ、イルナの肩に腕をまわして、「この勇敢なお嬢さんがいなければ、われわれ全員、白い惑星で朽ちはてることになっただろう」

「わたしはすべきことをしただけよ。フェルマーもきたわ」と、イルナ。トスタンがラスをそっと地面に横たえる。目を開けてほほえもうとしたがうまくいかないテレポーターに、イルナは声をかけた。「意識がもどってよかった。あなたとフェルマーはここにのこるのがいちばんいいと思う。さっきまで未知船でうまくカムフラージュされていた入口が開いたから、そこからはほかのメンバーでアラトに向かうわ。時間もないしね。物質シーソーの施設にたどりつくまで、もしかしたら一日じゅう洞窟のなかを歩きまわることになるかも」

「それについては安心材料がある」トスタンがセランの胸ポケットからフォリオを一枚とりだして、「サラアム・シインが命令を破って《ハーモニー》でジェゼトゥに着陸し、物質シーソーの見取り図を入手したのです。敵のカルタン人アルンド・ケルを巧妙に籠絡……」そこで咳ばらいし、「〝小ネコスパイ大作戦〟でぶんどったもの。それをわれらがオファラーの名歌手が曲につくりかえ、またデータに置き換えました。これがあれば、物質シーソーの内部がセンチメートル単位でわかる」

「われわれ、まったくもって抜け目ないので」ポージー・プースがトスタンのセランのポケットから顔を出した。

トスタンは地面に膝をつき、フォリオをひろげた。サラアム・シインのデータにもとづいて作成した見取り図が、3D処理されて展開する。なにもかも、実際に目の前にあるように見えた。

もっとよく見ようと、アトランとイルナとフェルマーも草の上に膝をついた。ラスはイルナに助け起こしてもらい、彼女の装備バッグにもたれる。数分前より元気になったようだが、まだ積極的に動くのは無理だ。申しわけなさそうな苦い笑みを浮かべ、仲間たちを見た。

銀河ギャンブラーは見取り図の説明をしたあと、洞窟の迷宮につながるシャフトや非常階段を指さして、

「ここをたどればシステムに到達するのはむずかしくない。エネルギー吸引施設の分岐点や放射システムの制御部に行けるはず。そこで爆発物をしかけることになるだろう」

「われわれの持っている爆発物はあまりに数がすくない。物質シーソーのような巨大施設を破壊するのは不可能だ」フェルマーが口をはさんだ。

「聞こえたか、キュウ公？」トスタンは乾いた唇をあげてにやりとした。

「まったくもって聞こえました。議論にもなりませんね。ご存じないならいいますが、わたしはそこらのマイクロ技術者やシントロニカーとちがって、破壊作戦の専門家でもあるんです。最小の材料で最大の効果をあげられます。指サックに入るだけの砂糖と、水タブレットと、グリセリンがティースプーン一杯あれば……ルナのインポトロニクスの大発電所だって空中に吹っ飛ばしてみせますよ！」

「真空に吹っ飛ばす、だろう」トスタンがまじめな顔で訂正する。「だが、本当の話だ。われわれ、爆弾がなくたってエネルギー制御施設を爆破できる。かんたんな化学物質をいくつか使って起爆剤にすればいい」

アトランはひそかににんまりした。かつてUSOでエリートだったこの二名が特殊な才能を持つことは、もちろん話に聞いている。どう理論を展開するかも、正確にわかる。

「では、物質シーソーに細工できる可能性はおおいにあるわけだな。それが作動して、定格出力のほぼ五十パーセントに達したとたん、致命的な連鎖反応が起きるようにしたいのだ」と、きっぱりいった。「行くぞ！　正しい道が見つかるまで時間はかかるだろうが、とにかく発見されないよう注意せねばならん」

「だけど、もしハウリ人がチャトマンとオクリルを発見したらどうするの？　あの内破で死んでいなければ、洞窟迷宮の奥にいるはず」イルナが心配そうに、「アムザンとハンネにも同じことがいえるけれど」

「かれらが不注意な行動をしていないよう、祈るしかない」ギフィ・マローダーが奇妙に抑揚のない声でコメントした。

アトランが見ると、アストラル漁師は左わきにターコイズ色の小神像をかかえていた。全長四十センチメートルほど、表面には細かいひびが無数に入っている。

アルコン人は大きく息をついて、マローダーに耳打ちした。

「きみがそうしないよう、わたしも祈るぞ、星間放浪者！」

11

ＮＧＺ四四七年十一月二十九日。ついにこの日、パガル特務コマンド一行は〝にっちもさっちもいかない〟状況になった。

　バス＝テトのイルナと男たちは十一月二十四日からの四日間、物資不足のなか、ものすごく難儀な思いをして洞窟迷宮を歩きまわった。それから暗い非常階段と動いていない排気シャフトを通り、アララト山の麓をグレイのベトン製ベルトのようにとりまく建物六棟の下部まで、やっとの思いで近づいた。

　四日めの終わりごろになってようやく、一トンネル構造のなかに入ることができた。そこから、エネルギー吸引施設の分岐点や放射システムの制御部につづく整備シャフトがのびている。

　行方不明だった仲間たちともここで再会できた。よろこび安堵したのちには、深く落胆することになるのだが。

　アムザン・エフニュルとハンネ・プレンツローの主張によると、アララト頂上にある物質シーソーの中枢システムへ行けるエネルギー勾配リフトをふたりで発見したとのこと。しかし、かれらのあとからオクリルを連れてトンネル構造に入ったチャトマンは、自分より先にそんなものを発見できるはずはないという……特務コマンドのだれも使えないような手段を、宇宙兵ふたりが持っているのでないかぎり。

これを聞いて、エフニュルとプレンツローも黙っていない。だからこそ自分たちはリスクを恐れずグラヴォ・パックを使い、オクストーン人とオクリルに先んじてここに入ったのだ、といいかえした。

これに対する反論はしめされず、それ以上の進展もなかったので、かれらのあいだで決着はつかないままである。

だが、チャトマンと両宇宙兵のどちらが正しいという問題ではないのだと、齢一万歳を超える男にはよくわかっていた。

アルコン大帝国の若き水晶王子だったころは独裁者オルバナショルの廷吏に追われ、のちに華々しい軍功をあげてアルコン艦隊の提督に昇進したアトラン。提督として太陽系を、そして植民基地アトランティスの統治下にあった当時の地球を、異宇宙の支配種族ドルーフから防衛した。アトランティスの滅亡後、大西洋の海底ドームで深層睡眠についていたところを若き〝第二人類〟すなわちテラナーに発見され、やがてアルコン大帝国の皇帝の座につき、その後ＵＳＯを設立して政務大提督に就任する。すこし前には物質の泉の彼岸にあるコスモクラートの居所へ連れていかれたこともあった……そこでなにをしたのかは、おぼえていないが。

そんなアトランにしてみれば、このような作戦において、矛盾やつじつまの合わない論理や解決できない疑問がつねに存在するのは、最初からわかりきっている。

かれはイルナ、オクストーン人、オクリルとともに、十一月二十八日から二十九日にかけてトンネル構造と整備シャフトを夜通し調査した。技術的な詳細はどうなっているか、過去に手がくわえられた形跡はないか。そして得られたデータを徹底的に分析した結果、ひとつのきわめて論理的な推測にいたった。

つまり、サラアム・シインがデータ装置から盗みだして曲のかたちにし、のちに正確に変換しなおしたデータには、許可された者だけがその存在を知るような、保安目的の特殊ファクターがふくまれていたのではないか。

そこにはいわば、権限のない者にとり、おかした瞬間にはじめてそうとわかるミスが織りこまれていたということ。わかったときにはほぼ自動的に、前進も後退もできない罠にはまった状態になるわけだ。

「悔しいが、このゲームでは敵が一枚上手だったと認めざるをえない」アルコン人は要約した。「われわれ、自分たちのほうが抜け目ないと思いこんでいたため、相手の巧妙な手口を見ぬけなかったのだ」

たっぷり一分間、みな言葉を失った。しばらくして、ラス・ツバイがいう。

「まだチャンスはあります。パガル上空にいる《ツナミ＝コルドバ》はノアの通信シグナルを受けとるため、二時間おきに一秒、相対未来を抜けてくる。わたしがノアにテレポーテーションし、そこで待てばいいだけのこと。ツナミ艦があらわれたら、船内にジャンプします。それから折りをみて、あなたたち全員を連れてくるあいだ、相対現在に船をもどし…その後、トランスフォーム爆弾を大量に使って物質シーソーを破壊するんです」

ふたたび、場に沈黙がひろがる。やがて、イルナが言葉を発した。

「ラス、その提案は献身的で大胆だけれど、どう考えても実行不可能よ。第一に、またパガルでテレポーテーションしたら、こんどこそあなたは再起不能になるかもしれない。第二に、ハウリ人はとっくにノアを発見し、きびしい目で見張っているはず。ハエ一匹とまれやしないわ、たちまち撃ち殺されてしまうから。パガルの防衛システムには太刀打ちできないと考えたほうがいい。突破するのは無理よ」

そこで上を見あげて考えこみ、ちいさな声でつけくわえる。

「それに、物質シーソーの施設全体にはとてつもない量の上位次元エネルギーが蓄えられている。どれほど大量のトランスフォーム爆弾にも耐えられると思うわ」

またもや沈黙。

ついに、ラトバー・トスタンが口を開いた。

「わたしがこれまで蓄積してきた経験と知識によれば、この〝ネズミ捕り罠〟のどこかにかならず、ほんものの整備シャフトにつづく抜け道がある。そこから物質シーソーのエネルギー分岐点に行けるはず。抜け道は巧みにカムフラージュされているが、〝ウルトラ・アイ〟で辛抱強く探しても見つからないほどではない。そんな能力の持ち主がいるとは、ハウリ人も予想していないだろう」

「そうかもしれんが」アトランは用心深く応じる。「ポージーにとってはあまりに危険なのでは」

「危険など恐れはしません！」トスタンのわきの下に心地よくおさまったポージー・プースが胸を張った。「環境適応スヴォーン人の戦士は、反重力システムがなくたって、十Gの環境下でのエルトルス人みたいに一Gのもとを動くことができる。いわば、ある意味わたしは無敵かつ不死なのです」

「そう主張しながら地中深くに埋葬された者たちが、過去には大勢いるんだぞ」フェルマー・ロイドがたしなめる。

「やはりポージーにはリスクが大きすぎる！」アトランは結論を出した。

「抜け道に足を踏み入れなければ、リスクはないでしょう」イルナが割りこむ。

「わたしのいいたいことがわからないふりをするんじゃない、お嬢さん」アトランはおだやかに、だがきっぱりと断じた。「ハウリ人がパガルにプシ力を投入していることは、わたし同様きみもよく知っているはず」そういうと、アムザン・エフニュルとハンネ・プレンツローをちらりと見る。その視線の意味を理解したのはイルナだけだ。

ラトバー・トスタンが咳ばらいして、

「アトランのいうとおりだ、キュウ公」と、はっきりいった。「かれが考える以上に、わたしにはわかっている。抜け道を発見したら、きみは一巻の終わりだ」

ポージー・プースはいっそうからだをそびやかし、

「死にゆく宇宙に一銀河が移送されるのを救うためなら、この命も捨てる覚悟です」と、述べた。「ただ、そのあと、せめて記念碑を建ててもらいたいのですが。スヴォーン人のなかにも英雄がいたのだと、すべての文明住民に伝わるように」

「わたしのポケットマネーで記念碑を建ててやる」銀河ギャンブラーは約束した。「そこへ摘みたてのバラを一本、毎日そなえさせよう」

「このような話題に冗談を持ちだすんじゃない！」アトランが心外な顔をする。

トスタンは乾いた笑い声をあげ、

「ほかに解決策があるなら話はべつですがね」そういって、イルナのほうを見た。

彼女の顔色がやや蒼白になる。やがて、意を決したように口を開いた。

「なにを考えているかわかったわ、トスタン。わたしに、ペドトランスファーでポージーを乗っとれといいたいのね。もしプシオン性の攻撃を受けても、わたしなら抵抗できるはずだから。いいわよ、ポージーもそれで了解するなら」

ポージー・プースの顔色が濃いグリーンになった。イルナには最初、黒に見えたほど。やがて、スヴォーン人は喉を詰まらせたような声でささやいた。

「まったくもって、あなたの手にすべてをゆだねます、高貴なる古きバス＝テト家のイルナ。ただ、わたしの意識の奥にどんな感情があるか知っても、だれにもいわないでくださいね」

それを聞いた瞬間、イルナは心を揺さぶられてなにもいえなかった。ポージーがなぜそれほど感きわまったのか、わかったから。スヴォーン人のほうに身をかがめ、人形のようにちいさな顔のまんなかにある口にキスをする。

「誓ってだれにもいわないわ、わたしの勇士！」と、約束した。

ポージー・プースはあわてて顔をそむける。いきなり涙があふれてきたのだ。心から尊敬し、ひそかに思慕してもいるアコン人女性から、〝ちび〟でも〝キュウ公〟でもなく〝勇士〟と呼ばれたので。

「こうして英雄はモチベーションを得るわけか」チャトマンがつぶやき……オクリルは四回もくしゃみをした。おかげで特務コマンドのメンバーたちは、まるで夕立ちが降ってきたように感じた。

＊

ポージー・プースの準備が完了した。あらゆる環境の変化に耐える防護服を着用して上から下まで完全武装し、両手を汗で湿らせている。

アトランはすこしはなれて立ち、フェルマー・ロイドとひそひそ話をしていた。

「あの両宇宙兵がプシオン作用を受けたような徴候は確認できませんでした」と、テレパス。「ただ、特定の作用に対してのみ働くブロック機能があるとしたら、話はべつですが」

スヴォーン人はその場の全員に手を振り、イルナがペドトランスファーしやすいような姿勢をとる。アトランはそれを心配そうに見て、ふたたび良心に問うた。予想のつかない危険に、はたしてポージーをさらしていいのだろうか。

そのときラトバー・トスタンから脇腹を肘でつつかれ、驚いて息をとめた。

「センチメンタルにならないで、チーフ！」ゾンビ男が小声でいう。「こうするしかなかったんです。しかたありません。それに、ポージーは自分から志願した。行かせなかったら、かれには生涯のトラウマになりますよ」

「わたしはあまりに多くの男女を危険にさらして死なせてきたのだ、トスタン」アルコン人はそういうと、背筋をのばしてスヴォーン人に向かった。「幸運を祈るぞ、ポージー！」

「ありがとう！」ポージー・プースは一ミリメートルも動くことなく応じる。

次の瞬間、すわって装備パックにもたれていたイルナの視線が硬直した。ペドトランスファーに集中しているのだとわかる。

数秒後、スヴォーン人の声がすこし変化した。

「みなさん、行ってきます！」

そういって、ちょこまか歩きだす。トスタンはそれを見て鼻をかんだあと、友を追いかけようとした。

だが、セランの肩ベルトをアトランにつかまれ、引きもどされた。銀河ギャンブラーが怒って暴れる。アトランは叱責するように首を振り、冷たくいさめた。

「だめだ！ポージーひとりに行かせろ。さもないと、たちまち危機が迫り、敵にやられるかもしれないのだぞ」

*

ポージー・プースはちいさな足を精いっぱい動かして、せまい通廊を進んだ。整備用の通廊らしいが、明らかに長いこと使われていない。

つまり、いまここにいるのはスヴォーン人だけということ。といっても、そのからだに宿っているのはバス＝テトのイルナだ。彼女の意識がポージーの人格を完全に押しのけたから。イルナはスヴォーン人の神経や筋肉繊維のすみずみまですべてを支配し、かれの五官を使って周囲の状況を知覚していた。

さらに、ポージーの持つウルトラ・アイ能力も使える。感覚を〝切り替える〟だけで、顕微鏡サイズの微小物体を肉眼でなんなく見ることができるのだ。

最初のうちは非常に混乱した。本来のイルナにとってはさほど高さのない通廊が、いきなり巨大ホールに見えたのだ。混乱はますますひどくなる。というのも、微生物みたいだと彼女が感じているからだの動きは、けっして微生物のそれではなく、ものすごいスピードで進んでいくから。

それでも、すこしずつ慣れてきた。

彼女はスヴォーン人のからだを体力の限界へと追いこみ、疲労で倒れる寸前まで駆りたてた。そうするしかなかったのだ。時間は容赦なく過ぎていく。あと数時間で十一月三十日……カルタン人がハンガイの第三クオーターをタルカンからメエコラーに遷移させる日である。これにより、宇宙自然法則の苛酷な力がハイパーエネルギー性現象を励起し、パガルの物質シーソーが作動する。

そうなれば、M－33銀河が通常宇宙からタルカン宇宙へ移送されてしまう。

何十億の星々が、これまで知られているより多くの文明を擁する数百万の居住惑星が、進化の途上にある比較的若い宇宙から、とうに全盛期を過ぎた宇宙へとうつされるのだ。とめようもない速度で収縮が進んでいる宇宙へと。

かつて永遠に膨張すると思われていた構造体も、やがて拡大するのをやめて怪物めいた縮退物質へと変容し、その密度とエネルギーはとてつもなく増大する。やがてどうなるのかは、どんな知性体でも想像できないだろう……

そこでイルナ＝ポージーは立ちどまった。アムザン・エフニュルとハンネ・プレンツローがエネルギー勾配リフトの入口を見つけたといっていた場所に着いたのだ。そのリフトを使えば、アララト山の頂上にある物質シーソーの中央制御システムに行けるはずだという。

イルナはスヴォーン人のウルトラ・アイ能力を使い、技術機器類を検分した。ミクロの世界になにかかくれていないか、調べてみる。

両宇宙兵につづいてチャトマンもオクリルの助けで確認できたといったとおり、トンネル構造のこのセクターにはたしかにエネルギー勾配リフトの入口が存在した。ただ、イルナの見たところ、これは確実に罠にいたる道だ。

ハウリ人はふつうの宇宙防衛手段でパガルや物質シーソーを防御するだけでなく、非常に巧妙なやりかたをも用いている。

エフニュルとプレンツローは、自分たちだけでトンネル構造のなかに入ったさい、プシオン作用の影響を受けてハウリ人の道具になってしまったにちがいない。その作用が技術手段によるものか、ハヌマの場合みたいに生物手段によるものかは、はっきりいえないけれど。

イルナはスヴォーン人のからだに宿ったまま、しばしリフトの入口付近にたたずんだ。これによりなにかが、あるいはだれかが反応するかどうか、知りたかったのだ。

しかし、なにも動く気配はなかった。

まったく反応がない。

このことから、かつてのアコン人エネルギー・コマンド精鋭工作員は結論づけた。ハウリ人たちがこちらをじらしているか、かれらの操作や介入なしにアララト内部の巧妙な防衛システムが直感的プログラムによって作動するか、どちらかだと。

時間がないので先を急ぐことにした。

当然ながらスヴォーン人のからだは、いくらイルナが超人的な動きをもとめても、テラナーやアコン人とくらべるとかなり低速でしか進めない。それでも彼女は、ポージーの背中にあるグラヴォ・パックを使いたい誘惑に何度も抵抗した。そんなことをしたら、精妙な防衛システムの反応を誘発してしまうのは確実だから。

そうなれば、パガル特務コマンドは一巻の終わりだ……それは三角座銀河の終焉を意味する。

五時間ほど経過したとき、イルナはほぼあきらめかけていた。気がつけばもう十一月三十日。なのに、なにひとつ成果は得られていない。

それでも数分後、スヴォーン人のウルトラ・アイが、高機能スイッチのありかをしめす極小パターンを発見。顕微鏡サイズのスイッチなので、やはりウルトラ・アイを持つウルトラ技術者しか操作できないだろう。

あるいは、部外者が知るのは絶対に無理なほど複雑な暗号化インパルスをまったく任意に発することで、可能になるかもしれない。

これを発見したイルナはどうするべきかおおいに悩み、十一月三十日の一時になったところで決断を迫られた。

見つけた場所をマーキングして仲間のもとへもどり、その後かれらとともにここへやってきて、ほんものの整備シャフトへの抜け道を開くか……あるいは、それをいますぐためすかだ。このスイッチが正しいかにせものか、やってみればわかる。

第二の道を選んだ。時間をむだにしたくないから。

すると、たちまち目の前に出入口が大きく開いた。技術によって出現した迷宮につづいている。これこそ探していたものだ。イルナの本能と豊富な経験がそう告げた。

イルナ＝ポージーは出入口を開いたままにしておいた。閉めたりすれば、なんらかのメカニズムが作動するかもしれない。それからきた道を引きかえし、できるかぎり急いでもどる。

仲間のもとに着いたイルナは、かれらの不安そうなようすに気づいた。いつのまにかXデーの二時になっている。すでに物質シーソーが動きだしたかどうか、だれにもわからないのだ。

イルナがスヴォーン人を解放し、ふたたび自分のからだにもどると、アトランはいった。

「各自もう一度、装備を確認しろ。出発だ！」

12

装備確認のなかでとくに重要なのは、爆発物をつくる材料のチェックだった。せいぜい十五分もあれば完了する。

しかし、その十五分が長すぎたかもしれない。チェックが終わったとき、アムザン・エフニュルとハンネ・プレンツローが姿を消していたのだ。

「よく見張っているべきだったわ」バス＝テトのイルナはいった。

「フェルマーがつねにテレパシーで監視していたはずだが」そう応じたアトランは、思わず息をのんだ。見ると、フェルマー・ロイドはうつろな目をして動かず、壁にもたれているではないか。

ラトバー・トスタンが悪態をつきながら駆けより、医療ボックスを使って診断する。

「単純な麻酔剤だ！」と、苦々しげに吐き捨てた。「野生動物に使われるものより害はすくないが、今回は完璧な作用をおよぼした」

アトランは宇宙兵ふたりが逃げたと思われる通廊をいまいましげに見たあと、振りかえり、ギフィ・マローダーを名乗るカマシュ人に怒りの視線を向ける。

「だいたい、きみはなにをしていた？　きみの守護神もだ。あのふたりが敵方に寝返ったこともわからないとは。なんのためにここにやってきたんだ？」

それまで放心状態だったアストラル漁師は、ようやく気をとりなおしたらしく、

「はじまった！」と、アトランの非難も無視してささやいた。「六次元エネルギーの第一波を感知しました。タルカンとメエコラーのあいだにある障壁が開かれる。猶予はあと二時間もありません」

「アムザンとハンネはわれわれの存在をばらす気だ！」チャトマンが言葉を発した。

「こうなったら、グラヴォ・パックを使おうが使うまいが同じこと」

「待て！」ラトバー・トスタンだ。「ポージーがなにかいいたいらしい」

「わたしのマイクロ機器で測定した範囲では、グラヴォ・パックは使えません。つまり、トンネル構造のなかはすべてアウトです」

「グラヴォ・パックがだめなら、まともなチャンスはひとつしかない！」オクストーン人は叫んだ。「ただ、やれるのはわたしとファイターだけだ。われわれなら、両宇宙兵が抜け道に着く前に追いつける」

「わたしも行くぞ！」ギフィ・マローダーはそういい、自信満々でオクリルの背中にまたがった。

チャトマンは思わず息をのんだが、やがて首を振り、

「信じられない。わたしの許可なくファイターにまたがろうとしたら、ふつうは食いちぎられるはずだが」

「きみが許可すると、ファイターは知っていたのさ」アストラル漁師が応じる。「さ、早く出発しよう！」

チャトマンはまた息をのみ、それから大声を出した。

「よし、ファイター！　前進だ！」

オクリルは盛大にくしゃみをすると、緊急スタートのグライダーなみの加速で驀進（ばくしん）した。マローダーが振り落とされなかったのは奇蹟だ。

チャトマンも負けじと猛スピードでつづく。

「では、われわれも行こう！」

アトランはそういい、ラス・ツバイを横目でちらりと見た。テレポーターはまだ本調子ではなさそうだ。超能力を使うのはリスクがあるだろう。

当面、ラスの力をあてにすることはできない。

いまできるのは、パガルを去るときにはラスが完全に超能力を使えるようになっていてほしいと祈ることだけだ。そうすれば全員、大急ぎで《ツナミ＝コルドバ》にもどれる。

アトランはそれについて考えこむうち、自分にもやることがあるとわかった。パガル上空のツナミ艦が特務コマンドを収容するには、正確なタイミングで相対未来から現在に〝落下〟する必要がある。

本来ならノアがそのタイミングをはかるはずだったのだ。《リンクス》を経由した時間リレーで、相対未来にシグナルを発信することになっていた。しかし、ノアはまさに物質シーソーの最重要システムが設置されたその場所にいる。ハウリ人にとっくに発見されたにちがいない。

したがって、アトランは考えこんだ。なにかべつの可能性を探る必要がある……

*

アルコン人の指揮のもと、パガル特務コマンドのほかのメンバーが整備シャフトの抜け道に着いたときは、十一月三十日の三時になっていた。

そこで一行は驚愕し、立ちつくした。アムザン・エフニュルとハンネ・プレンツローのゆがんだ遺体が出入口の左右に転がっていたのである。インパルス銃の攻撃を受けたのは一目瞭然だ。

「チャトマンがこんなことを……？」ラス・ツバイが思わず口ばしる。

「チャトマンだったらパラライザーを使うはず！」アトランは激高して反論した。

ドア枠上部、すなわち入口の上のところに、手のひら大の溶けた跡がある。アトランはそれをさししめし、

「あそこに武器がかくしてあったにちがいない。ふたりはそれにやられたのだ」

「アムザン・エフニュルとハンネ・プレンツローは整備シャフトにつづく道を閉じようとして、保安システムの犠牲になったんです」チャトマンの声が響いた。

アトランがはっとして振り向くと、イルナがさいころほどの大きさのメモキューブを床からひろいあげていた。声はそのメモキューブから聞こえてくる。

「インパルス銃はファイターが破壊しました」宇宙偵察員の声がつづけた。「とはいえ、物質シーソーを見張っているハウリ人が警報を鳴らしたのは、百パーセントといっていいほど確実。だから、わたしとファイターとカマシュ人でできるだけアララトの頂上近くまで進み、ハウリ人の気をそらすべく陽動します。あなたがたは任務を遂行してください。幸運を祈ります。正義がなされんことを！」

はげしい爆発音が何度もとどろき、その場にいる者たちは身をすくませた。

「かれら、戦っている」イルナがいう。声の震えをかくそうともせずに、「もしかしたら命を捨てる覚悟かもしれない。わたしたちもやるべきことをやりましょう！」

＊

そのとおりにかれらは行動した。

イルナもラトバー・トスタンもポージー・プースも、熱に浮かされたごとく必死ながらも確信をもって動き、物質シーソーのエネルギー分岐点を突きとめた。それが作動して定格出力のほぼ五十パーセントに達したとたん、いわば自滅するように、最小の技術手段を用いて細工をほどこす。そのようすにアトランは舌を巻いた。

これが実際うまくいくかどうかは、決定的瞬間までわからない。パガル特務コマンドはあまりに多くの装備を失ったし、目の前に立ちふさがる障壁はあまりに険しく、何度も後退を余儀なくされてしまった。

それでも、だれひとりあきらめてはいない。

だが、アルコン人にははっきりわかっていた。これらすべてはオクストーン人とオクリルがうまく敵の注意をそらしたからできただけで、どのみち捨て鉢の作戦といっていい。ギフィ・マローダーことトヴァリ・ロコシャンがどの程度そこに関わっているかは不明だが、アトランの期待は大部分、カマシュ人とその守護神ルログに向けられたものだ。言葉で説明することはできないけれども。

「フェルマーが意識をとりもどしました！」ラス・ツバイの声に物思いを破られた。

「なにがあったので？」テレパスがまわらぬ舌で訊く。まだ目はうつろだ。

「説明してやれ、ラス！」アトランはテレポーターにそういい、「きみの能力はどんなようすだ？　ここから脱出する唯一の手段なのだが」

「力が充分もどったのを感じます。全員を《ツナミ＝コルドバ》にテレポーテーションさせられますよ」ラスは答えたが、不安げにつけくわえる。「またパガルのパラ防御にやられなければ」

「それはないと思うわ」イルナがいった。しばらくのあいだ、放心状態だったのだが。「いまペドトランスファーでハヌマを探ってきたんだけど、重層六次元周波はもう感知しなかった。おそらく集合体生物としては死んだはず。思うに、かれらの死は、精神崩壊によって夢での物質変容能力を失った瞬間にはじまったのね。あの現象はたぶん、もともと短命で人工的なものだったのよ」

「では《リンクス》経由で《ツナミ＝コルドバ》にコンタクトするリスクをおかすチャンスですな、チーフ」ラトバー・トスタンが割りこみ、五次元インターヴァル起爆装置の配線に左手を置いた。

アトランは一瞬ためらう。そのとき、物音が聞こえた。最初はちいさな音だったが、すぐにあたりを揺るがす轟音（ごうおん）となり、床や壁が振動する。

「物質シーソーが！」ポージー・プースが叫んだ。「まったくもって作動しました。だれもとめられない！」

アルコン人はもう躊躇（ちゅうちょ）しなかった。

ミニカムのスイッチを入れ、付帯装置を作動させる。パガルから数光時はなれた通常空間の現在にいる《リンクス》に向けて、ビーコンが自動発信された。集束ビームの到達範囲だ。

緊張で神経が引き裂かれるように感じた数秒後、《リンクス》のテンポラル転送機技術者の声がとどいた。

「こちらラヴォリー！　シグナルを受信しました、アトラン。《ツナミ＝コルドバ》と転送機通信をつなぎましょうか？」

「たのむ、ラヴォリー！」

アルコン人は心から安堵して応じ、ミニカムのスクリーンを穴のあくほど見つめた。そこにジュリアン・ティフラーの顔が……《リンクス》を経由するため、間接的に……うつしだされるはず。

ところが、スクリーンにあらわれた顔は、ティフラーのものではなかった。

細面（ほそおもて）で額が秀でており、肌にオレンジ色の斑点がある。見る者を呪縛するような金色の目、頭蓋にぴったり沿って輝く髪。その男を見たアトランの背中に、冷たい戦慄がはしる。

細かい光学的印象が溶け合い、ひとつの輪転花火に……あるいは、火でできた目のようになったとき、思わず息をのんだ。

〈きわめて危険な存在だ！〉付帯脳が警告。

「アトランか？」その相手はハンガイ銀河の共通語、ハンゴル語でたずねた。

「だれだ？」アルコン人は茫然として訊きかえす。

「わたしは炎の侯爵アフ＝メテム」上機嫌に聞こえる声が返ってきた。「そちらはもちろんアトランだな。非常に強い人格の持ち主とわかる。だが、あきらめろ！　きみが小部隊を引き連れて、さして重要でないパガルの施設に侵入したのは知っている。ハウリ人の見張り相手に戦闘をくりひろげたようだが、勝利することはけっしてない。ゆえに、忠告する。降伏せよ！

　きみを死なせたくないのだ、アトラン。偉大な使命のために生け捕りにしたい。降伏するなら、ナコード・アズ・クールでイマーゴのペリー・ローダンと会えるぞ。そこでヘクサメロンの力を見せてやる。宇宙の大いなる秘密を暴いてみせる。いずれにせよ、最後の六日間の進行をとめることはできない。それに反抗しない者だけが勝利するのだとわかるだろう」

　頭ががんがんする。アトランはようやく言葉を発した。

「どこでわたしのことを知った？」

　アフ＝メテムが乾いた笑い声をあげたとたん、画面がちらつき……次の瞬間、スクリーンにジュリアン・ティフラーの顔がうつしだされた。

「タイミングは？」ティフラーはそれだけいう。ひどく神経が張りつめているのが見てとれた。

「準備完了！」ラトバー・トスタンの声が聞こえる。目のかたすみでイルナがうなずくのもわかった。

そのとき、耳を聾するような騒音が響きわたった。だが同時に、ポージー・プースのブラスターが火を噴く音も聞こえる。アトランが振り向くと、ロボット一体がビームを受けて白熱していた。側壁に開いた出入口から入ってきたのだ。

「まだだ！」と、アルコン人はティフラーにいう。「ハウリ人にこちらの計略を見破られた。こうなったら、殲滅プログラムが起爆するぎりぎりの瞬間まで、ここにとどまるしかない」

「正気の沙汰じゃありません！」ティフラーの顔が青ざめた。「そんなことをしたら、あなたたちも一巻の終わりだ！」

「たのむから待ってくれ！」アルコン人はもう一度くりかえすと、自分も武器をとった。トスタン、ポージー、ラス、イルナはすでに発砲している。側壁からは次から次へとロボットがあふれてきた。おそらくハウリ人宇宙兵の前衛部隊として、爆弾の信管をはずすために送りこまれたのだろう。

戦闘ははげしさを増しながら十分ほどつづいた。やがてイルナが特殊機器を使い、物質シーソーのエネルギー活動が決定的なポイントに達したことを確認。

「よし、ティフ！」アトランはミニカムに向かって叫んだ。「ジャンプする！　ラス、こっちへ！」

全員がラス・ツバイのまわりに押しよせる。次の瞬間、敵ロボットの攻撃は宙を穿（うが）っていた……

＊

アトランと仲間たちが《ツナミ＝コルドバ》司令室で実体にもどったとき、空気を切り裂くような警報サイレンの音が鳴りひびいた。ハイパー探知スクリーンを見ると、わずか数光分先にある惑星パガルがふくれあがり、恐ろしいエネルギー嵐のもと、文字どおり引き裂かれたのがわかった。

「これほどひどい影響があるとは想像もしていなかった」ラス・ツバイがおののく。

「一銀河をまるごとべつの宇宙に移送させるほどのエネルギーが貯蔵されていたのだ。それがその場でぶちまけられたら、壊滅的状況になるのは当然のこと」ラトバー・トスタンのコメントだ。

「相対未来へ！」と、ジュリアン・ティフラー。「ここにいたら、われわれも地獄の穴にのみこまれてしまう！」

アトランはうなずくしかできなかった。高速で膨張していく、数秒前までは惑星だった火の玉を、ただ見つめるばかり。

疲労困憊(こんぱい)し、消耗しきっていたが、正しいタイミングでたしかに物質シーソーを破壊できたことはわかる。M‐33のタルカンへの移送を阻止できたのだ。

しかし、これはまだはじまりにすぎない。アフ＝メテムの出現と〝ヘクサメロンの力を見せてやる〟という言葉を、かれは忘れることができなかった。

そのとき突然、ふたたび自分のなかに力がもどってくるように感じた。アフ＝メテムの言葉でもうひとつ、思いだしたことがあったから。ペリー・ローダンに会えるといわれたことだ……ナコード・アズ・クールで。

ペリーがすでに捕虜となっているのか、これから捕らえるつもりなのか、炎の侯爵は言及しなかったが、アルコン人は確信していた。ナコード・アズ・クールに行けば、アフ＝メテムに会えるだけでなく、せめて友のシュプールを見つけることはできるだろう。ペリーはもう、信じがたいほど異質なべつの宇宙でたったひとりではない。

「ナコード・アズ・クール！」と、放心状態で口ばしる。《ツナミ＝コルドバ》はふたたび二秒先の相対未来に移行し、安全確保していた。

「なんのことです？」ティフラーがたずねる。

「われわれの次なる目的地だ、ティフ！」かたい決意をうかがわせる声で、アトランは答えた。「それがなんであろうと、どこにあろうとかまわない。かならずポジションを見つけだし、そこへ飛ぶ。タルカン遠征隊のほかの艦船はどこにいるのだ？」

「それぞれ単独飛行し、異なるルートを使ってウシャアル星系を去りました。集結ポイントは、任意に選んだ恒星間空間の座標……〝Yゲート〟です」

「よし」アトランはイルナにうなずきかけ、「Yゲートを起点に捜索を開始しよう。われわれ、チャトマンとファイターとギフィ・マローダーにいつかまた会えるかどうか、それはわからない。だが、ペリー・ローダンとはかならず会える……それに、炎の侯爵アフ＝メテムとも」

成就の地、到達!

クラーク・ダールトン

登場人物

エルンスト・エラート……………………………パラポーラー
テスタレ…………………………………………カピン
バルコン…………………………………………バルコン人
ノロク……………………………………………ザトロン人。エラートの宿主
トルム……………………………………………同。テスタレの宿主
ブレントル………………………………………同。居酒屋の店主
ノルテクス………………………………………同。結社のメンバー
ヴァンナ・イコ・ラウス………………………同。谷のなかの盲者

1

その男はかつてバルコン人の使者だったが、自分の名前を忘れてしまったので、たんにバルコンと名乗っている。見知らぬ黄色恒星の第二惑星にある転送機が作動したとき、バルコンは、もよりの受け入れステーションが〝それ〟の力の集合体に属する一銀河のなかにあるはずだと思っていた。とはいえ、絶対の確信があったわけではない。作動キイについているシンボルを解読できなかったからだ。エルンスト・エラートも、かつてカピンの断片だったテスタレも、これについてはなにも知らなかった。

ふたりの意識存在はいま、バルコンの肉体に宿っている。五次元内を遷移するあいだ、はなればなれになってはまずいので。

「信じてほしい、エラート、テスタレも」バルコンはふたりにそう伝えたもの。「〝それ〟のところで安全を確保できれば、探知はかんたんだ。エラート、きみはそこなら、遠くから見るだけでも、どんな銀河も認識できるだろう。さあ、もう時間をむだにしたくない」

こうしてかれらはさまざまな転送機ステーションを使い、はるかな道のりを旅してきたのだった。ステーションのいくつかは自分の種族が設置したものだと、バルコンは確信していた。だが、転送機には見慣れないシンボルがついていた。かれは困惑し、おのれの確信を疑いだし、ついに方向を見失ってしまう。本来の目的地である〝成就の地〟は、前よりもっと遠くなったように感じられた。

それでもバルコンは、その懸念を自分のなかだけにしまっておいた。

しかし、まったく未知の受け入れステーションで実体化したときには、つらい失望感が冷たい波のように押しよせてきて、もうエラートとテスタレにもその思いをかくしておけなくなる。

バルコンの体内で三人の意識がコンタクトした。考えを声に出せるのはバルコンだけだが。

〈ここはどこなんだ?〉と、エラート。周囲の光景はバルコン人の目を通して見ることができる。テスタレもそうだ。〈不気味で陰鬱(いんうつ)な場所だな。さっさとおさらばしたほうがいい〉

「あわてて決めてはいかん」バルコンはいさめたものの、その声は沈んでいた。かれにとっても、ここの環境はなじみのないものだったから。「いま見えているのは受け入れステーションの内部だけだ。外のようすはまだ見ていないし、局部銀河群のどこにいるかもわからんじゃないか」

〈本当にそこにいるならの話だがね！〉テスタレがやけっぱちの思考を発する。

「周囲を見てまわるとしよう」バルコンは提案し、転送機キャビンのドアを開けた。

大きな転送ホールだ。高い天井の明かりがあたりをぼんやり照らしている。室内にはなにもなく、殺風景だった……転送機が設置された円形の台座をのぞいて。台座からはホールにつづく階段が五段ある。エネルギー供給システムは台座の下にあるのだろう。

「どこにも出入口がない」バルコンはがっかりしていった。「転送機が故障したら、生涯ここに閉じこめられてしまう」

〈大丈夫さ、バルコン〉エラートだ。〈テスタレもわたしも意識存在のまま、いつだって地表に出られる。だが、まずはここを徹底的に調べよう。この転送機をどう思う？〉

バルコンはキャビンを振りかえり、

「ドルテの惑星にあったのと同じ構造だろう。すくなくとも、キイについたシンボルは理解できない。わが種族が設置したものではないな」

ゆっくりした足どりで、バルコンはホールを一周した。どこかに見落としていた出入口があるのではないかと期待しながら。だが、やはりどこにも見あたらなかった。もしかしたら、ここは一種のリレー・ステーションなのかもしれない。転送者を受け入れたのち、特定操作に応じてさらに先へと送りだすだけの施設ということ。

「収穫なし」一周まわってもとの場所にもどったバルコンはいった。「また運を天にまかせて出発するしかあるまい。作動キイの上の列を使えば、どこかに転送されるはず」

〈いま宇宙のどのあたりにいるのか知りたい〉と、エラート。〈それがわかれば、キイのシンボルの意味を解読する助けになるかもしれない〉

「きみのいうとおりだ」バルコンがいい、テスタレも賛意をしめした。「肉体のない意識存在なら、容易にこの不気味な場所を出て外を見てまわれる。ただ、帰り道がわかるといいが」

〈心配いらない。惑星の夜の側に行って星の位置を確認するだけだ……行けるようなら、ほかの場所にも〉

エルンスト・エラートは宿主のからだを出て不可視になり、ホールのなかを浮遊した。自分と惑星地表を隔てる岩天井を突破しようと、まっすぐ上を見て精神集中する。いつもなら、なんの問題もなくできるはず。だが、今回は予想とちがう結果になった。

天井に到達することなく、投げもどされたのである。

バルコンのからだのなかへ。

身体的な痛みは感じない。それでも、恐ろしい力で粉々にされたような気がする。数秒かかってようやく、バルコンとテスタレの驚きを思考インパルスでキャッチした。

「なにがあったのだ?」

そう訊かれたが、答えられなかった。エラート自身にもわからないのだから……なぜそんなことになったのかも。ふつうの状況なら、からだを持たない意識にとり、動きをはばむ障壁は存在しない。ただ、過去にも似たような経験があるのを思いだした。

〈プシオン性のバリアだと思う〉迷いながら、ようやく答えた。〈このステーションの建造者は、だれもここを去ることができないようにしたのだろう……理由は訊くな、わたしにもわからないから。いくら考えても、なんのための処置なのか説明できない〉

〈では、どうする?〉と、テスタレ。

「可能性はひとつしかない。転送機だ!」

バルコンが苦々しげにいい、台座の階段をあがってコントロール・パネルのもとへと向かった。

ところが、そこまで行きつくことはできなかった。

暗いホール内に突然、あらゆる方向から聞こえるような朗々たる声が響いたのだ。バルコンはその場に立ちつくした。動くこともできない。耳にとどく言葉が何語かもわからないのに、内容は完全に理解できるのだから。

エラートはその言葉が虚無から聞こえてくるように感じ、ショックを受けた。テスタレも同様らしい。一瞬、記憶の断片がぼんやり浮かんできたが、はっきりしたかたちにはならなかった。

エラートは未知の声にどうにか集中した。

「きみたちが向かおうとしている道のほかに選択肢はないのだ。もどることはできず、選んだ道を前に進むのみ。だが、不純な意図をいだいてはならない。そうしたなら災い（わざわ）が起こり、後悔することになろう」

そこで声はやみ、こだまがホールに響きわたる。バルコンは台座の最上段でぐったり沈みこんだ。ようやくからだを起こすものの、すわったまま、ぴくりとも動かない。

〈なんだろう？〉テスタレがおずおずと訊いた。〈あの声は……どこからきた？　虚無からか？〉

返事はない。バルコンは一種のトランス状態におちいっている。その思考をエラートはもう受けとれなかった。老バルコン人使者の意識は手のとどかないほど遠くへ行ってしまったのか。インパルスをまったく感じられない。

〈エルンスト！〉テスタレの思考はパニックにかられていた。〈バルコンはどうしたんだ？　意識が消えた。まるで死んだみたいに〉

〈心配するな、友よ。生きているさ。わたしの場合と同じく、バルコンの意識もこのホールを去ることはできない。たとえ、かれが肉体から意識を切りはなせたとしても。わ

われわれ、かれがいないと動けないから、待つしかないな。祈るとしよう〉

自分たちは出口のない罠にはまったのだと、エラートにもしだいにわかってきた。ただ、未知の声が〝前に進むこと〟に言及したのは驚きだ。謎めいた声の持ち主がだれであろうと、この地下牢から出るための道があると確約したことになる……出るには条件があるにせよ。

前進あるのみ。つまり、転送機の作動キイの上列を使うのだ。

どれくらいのあいだ、テスタレとともに老バルコン人の〝覚醒〟を待っていたのか、あとから考えてもエラートには思いだせなかった。バルコンはときおり動いては、自分たちの行動が正しいと確信するためのメッセージを受けとるつもりのように、コントロール・パネルを見あげている。それでも、まったくインパルスを発してこない。

そしてついに、かれは完全に目ざめた。一秒ごとに正気づいていく。

*

「われわれ、ここから成就の地へ行けるぞ」というのが、バルコンの第一声だった。

エラートは湧きあがるよろこびを懸命におさえた。あとでがっかりしたくなかったから。バルコンがどこから突然それを知ったのか探ろうとしたが、失敗する。テスタレも老人に説明をもとめた。

「どうしてわかったのかはいえないが、信じてもらいたい。だれかがわれわれに救いの手をさしのべたのだ……だれか、われわれの友が。ただし条件つきではあるが、われわれの意図は善良なものだから、恐れる必要はない。とはいえ、成就の地への道のりは険しく、かんたんには行きつけないだろう。克服せねばならない未知の障壁もある。しかし、われわれなら排除できるはず。さ、ぐずぐずしてはおられんぞ」バルコンは大儀そうに立ちあがった。「出発だ」

三歩でコントロール・パネルまで進む。

もう一瞬もためらわず、かれは上列のキイをひとつ押した。キイが光り、転送準備の完了を知らせる。

バルコンは転送キャビンに入り、ドアを閉めた。

それから、非実体化する。

*

エラートがバルコンのからだに宿って五次元空間に入るのは、これがはじめてではない。だが、今回の移動はそれまでとはまったくちがい、予想を裏切るものだった。

まず、また例の〝声〟が聞こえたのだ。メンタル手段を用い、奇妙かつ謎めいた問いを投げかけてきた。

内容は次のとおり。

〈きみたちがそこに入りたいと願えば、かなえられるかもしれない。だがその前に、バルコン人種族がなしとげたもっとも輝かしい功績はなにか、いってみよ〉

エラートは非常に困惑した。遷移中に思考メッセージを受けとるという経験がはじめてだったことにくわえ、バルコンやテスタレとのコンタクトが切れたことに気づいたから。

孤立してしまったのだ。たったひとりで完全な暗闇のなかにいて、前進しているのかそうでないのかさえ、まったく見当がつかない。

だが、〝声〟は質問を発している。どうがんばっても答えられそうもない問いを。

エラートは必死で集中し、こう思考した。

〈わたしの連れ、バルコンなら答えがわかる。あなたがだれだか知らないが、バルコンに訊いてみてくれ〉

未知の相手に思考インパルスが伝わるかどうかわからないが、うまくいくと確信していた。転送プロセスを好きに中断してメンタル・コンタクトをとれる者なら、このメッセージも受けとれるにちがいない。

エラートの予想どおり……期待どおりというべきか……声に出した言葉のようにわかりやすい、明確なかたちの思考流が返ってきた。未知者は今回、バルコンにでもテスタレにでもなく、直接エラートに語りかけてきた。

〈きみはまちがった道を選んだ、エルンスト・エラート。だから同行者を失ったのだ。きみの意識は非常に自立しているため、かれらと別れることになった。とはいえ、それはきみのせいではない。善良かつ真摯な意図に免じて、もう一度チャンスをやろう。自分で選んだ世界に着いたら、コラウスに問いかけてみよ。かれが情報をあたえてくれるだろう。そのあと、またわたしからきみとほかの二名にコンタクトする〉

エラートは長い生涯のなかでこれほど無力に感じたことはなかった。だいいち、いまはまだ転送中なのか？　もしそうでなければ、なにかが見えるはず……銀河であれ、たったひとつの星であれ。しかし、周囲は完全な闇だ。

ふたたび未知者にコンタクトしようとしたが、できなかった。答えは返ってこない。自分は完全に未知者の手に落ちたのだ。その特質も能力もまったく想像できない相手の術中にはまったということ。

相手はなにものだ？　そもそも、単独の相手なのか？

友たちから切りはなされてどれくらい経過したのか、それもわからない……この未知次元に時間というものが存在するとして。だが、それについて考えるどころではなくなった。突然、すべてが変化したのである。

暗闇だった周囲も明るくなっていた。

下のほうに、惑星がひとつ見えた。その昼の側を、黄色恒星が照らしている。エラートは思わずソルを連想したが、大きな大陸のかたちを見ればわかるとおり、この惑星は地球ではない。かれはいま、その大陸の上を浮遊していた。

*

大気圏最上部よりずっと上方にいるため、空の星々を眺められる。希望が湧いてきた。もしかしたら、いま宇宙のどのあたりにいるか判断できるかもしれない。

ふたたび肉体を持たない意識となり、好きなように移動できると思うと、しだいにうきうきしてきた。成就の地を探そうと考えるあまり、無理しすぎていたのではないか？また自分のからだを好きに選んで所有することにはとても惹かれるが、そこへいたる道はあまりに困難で危険に思える。

いったいなぜ、そこまでしてリスクをおかすのだ？だいいち、バルコンにまた会えるかどうかわからないじゃないか。かれが本当に自分を目的地に連れていってくれるのかどうかも。テスタレとは、いずれアラスカ・シェーデレーアの近くで再会できるだろうが。

どうすべきか決めかねたまま、かれは方向確認をはじめた。だが、未知の星々をもとにするのだから、うまくいかない。この黄色恒星だって、故郷銀河にも数百万は存在するありふれたタイプだ。

恒星からはなれたところに一銀河を発見。ここから二百万光年以上はなれてはいないようだ。横から観察する格好なので、銀河の形状は定義できない。むろん、そのためには〝上から〟見る必要があるから。渦状肢のひとつでもわかればヒントになるだろう。そこにはたいてい目立つ特徴があるため、もしかしたらなにか思いだせるかも。

いまのところ名なしの惑星には衛星もないが、あの黄色恒星を〝目に焼きつけて〟おけば見失うことはないだろう。とにかく、まずはここから数光年はなれたところに行かないと、この星系が属している銀河を遠くから観察することはできない。

〈その後、ここから遠く去るのも悪くないかもな〉と、エラートは思った。〈どっちみち、成就の地を探すのはなかばあきらめたから〉

一瞬、未知なる声がいったことを思いだしたが、すぐに押しやった。自分はふたたび自由の身になったのだ。未知者に無理やりなにかを強制されるいわれはない。

惑星の昼の側から見てまっすぐ上にある、ひとつの星に的を絞った。ざっと見積もって、ここから二十光年ほどはなれていそうだ。かれは目標に照準を合わせ、精神集中する。肉体のないとき、いつもそうするように。

ところが、次に起こった出来ごとはまったく予想外だった……転送ホールでの経験がくりかえされただけとはいえ。

不可視の障壁にぶつかり、勢いよく投げかえされたのだ。名もなき惑星へ向かって、かなりの速度で墜落していった。

どうにか体勢を立てなおし、ショックを克服することはできたが。

自分はまちがっていた。自由の身なんかではなかったのだ。

未知の力にコントロールされ、支配されている。

このときまた、メンタル性の〝声〟が聞こえてきた。パターンでそれとわかる。

その思考構造には怒りが感じられた。

〈せっかくわたしが正しい道をしめしたのに、またまちがった選択をするつもりか。前に進め、エラート！　それが唯一の道だ！〉

エラートは必死で思考を返した。

〈あなたはだれだ？　素性を明らかにしろ！　知らない相手の命令にしたがう気はない。バルコンとテスタレはどこにいる？　答えてくれ！〉

返事はなかった。

正体不明の未知者はもうなにもいってこない。

あらためて無力感をおぼえ、絶望するなかで、エラートは〝コラウス〟という言葉を思いだした。それを見つけて問いをぶつけなくてはならない。唯一の手がかりなのだ。

とはいえ、コラウスとはなんなのか……あるいは、だれなのか？

やがてエラートは確信した。その答えを見つけるには、下にある惑星に行くしかない。惑星地表に向かい、ゆっくりと下降していった。そのさい、ふたたび自分の動きを制御できるようになったとわかる。

すくなくとも、未知の声の指示にしたがっているかぎり……

2

名もなき惑星はテラくらいの大きさだった。エルンスト・エラートにはどのみち関係ないが、大気組成も地球のそれに似ている。気候は温暖だ。

近づいてみると、初期段階の文明を持つ居住惑星であるとわかった。この事実だけでもエラートは興味津々（きょうみしんしん）だ。住民はまちがいなく知性体ということ。コンタクトをとるのも可能だろう。そのためには、住民のひとりに宿る必要があるが。

かつてまだ大宇宙をさまよっていたときは、未知知性体のからだに思いのまま入りこんだもの。またあのころにもどったように感じる。

その惑星の町は、肥沃（ひよく）な大地の中央にあった。町から郊外に行くための道路がいくつかのびている。エラートは決めた。行動する前に近くで観察してみよう。

そう思考しただけで、すぐに町の中心にある高い建物の屋根に到達。ここから一望できる町の眺めは、やはりテラを思いださせた。といっても、エラートが生まれるずっと前の地球の風景だ。旧暦一九〇〇年代くらいか。

舗装もされていないでこぼこ道のまんなかにレールが一本はしっており、車の流れをふたつに分けている。車といっても、エラートが知っているような近代的車輛ではなく、大型の四足動物が牽引するただの荷車だ。動物は馬に似ていた。これもまた、テラとの共通点といえる。

それだけではない。いちばん驚いたのは、住民の姿そのものだった。こんな状況でなければ、テラからの入植者が自分たちの出自を忘れて進化の初期段階に逆もどりしたのだと思ってしまっただろう。

町からのびる道路の端のほうに、いきなり雲のごとく煙が湧いた。それがしだいに近づいてくる。同時に、ぴーという鋭い音が聞こえた。

最初エラートは見まちがいかと思ったが、そうではなかった。煙を突っ切ってあらわれたのは、ほんものの蒸気機関車だ。幌つきの貨車三両を引っ張り、町を抜けてくる。途中で何度か停車し、乗客を降ろしたり乗せたりしながら。

列車の登場は、住民にとってもちょっとした事件らしい。牽引動物は驚いて駆けだしそうになり、荷車がとまった。町ゆくヒューマノイドも驚きの目で、この最新技術の産物を見つめる。そこには科学者や技師たちへの畏敬の念と、誇らしさもふくまれていた。これらすべての状況から、鉄道が普及したのはつい最近のことらしいとわかる。

エラートは列車が道路の反対端に達したあと、蒸気をのこしてカーブの向こうに見えなくなるまで見送った。

ふたたび住民のほうに注意を向けると、もとの動きがもどっている。荷車は進みだし、動物はおちつきをとりもどした。蒸気機関車の警笛は遠くで響くだけ。

町はあまり大きくなく、ひなびた雰囲気だ。エラートは建物の屋根をはなれ、考えをめぐらせた。住民とコンタクトするには、ヒューマノイドのからだを拝借しなければならない。どこでどうやれば、いちばん人目を引かずにすむだろう。これまでの経験からわかるのは、他者のからだに入りこむ瞬間、ほかの者の注意を引きつける恐れがあること。なので、大勢にかこまれていない宿主を探すのが賢明だ。

町に近づくさい、住宅区域の外側にはなれて建つ家がいくつもあるのを見た。おそらく農民の集落だろう。そこでひとり暮らしの住人を見つけるしかない。そうすれば、だれにも見られず体内に滑りこむことができる。

このプロセスは数秒では終わらない。時間がかかるのだ。ただからだに入るだけでなく、宿主の知識をすべて受け継いで自分のものにする必要があるから。まずなにより、宿主の話す言語を習得しなくてはならない。

エラートは町をあとにした。鉄道のレールに沿って進み、畑や休閑地を抜けて次の集落に行く。そこで、だれにも見られることなく……意識存在にとってはかんたんだ……さまざまな家に忍びこんだ。

ところが、タイミングが悪かった。いまはちょうど昼どき。人々が畑から家にもどり、食事のために集まっている。ヒューマノイドひとりがいる家を探しだすのはむずかしい。

エラートはがっかりしてふたたび上昇し、遠くはなれた山の北麓（ほくろく）にある森へ向かった。ときおり荷車や馬車が埃（ほこり）を巻きあげて通りすぎるだけの、せまい小道をたどっていく。しだいに家がすくなくなり、集落はほとんど見られない。せいぜい藪との境界にちいさな菜園があるくらいのものだ。

道はわずかにのぼり坂になる。そのとき、山のほうまでつづく大きな森の縁にぽつんと建った丸太小屋を見つけた。

*

そのザトロン人ふたりは、名前をノロクとトルムといった。発展いちじるしい町をはなれ、数年前から質素な丸太小屋に住んでいる。同族に会うことはめったにないし、友もほとんどいなかった。

わざわざ好んで隠遁生活をはじめたのは、つねに成長しつづける新社会や高度技術をふたりとも毛嫌いしているから。大自然のなかで素朴に暮らすほうが好きなのだ。近代文明の恩恵はできるだけ使いたくないと思っている。

トルムは最後の食べ物を口に押しこむと、椅子にもたれてこういった。

「なあノロク、きょうまた森に行こうと思う。よく肥えたブロタクスをすぐ近くで見かけたんだ。そいつを仕留めたい。食糧の備蓄もすくなくなったし、こんどいつ町に行けるかわからんからな」

「弾薬はまだあるのか？」

「多くはないが、ひとつだってむだにしないさ」

ノロクがうなずく。

「よし、うまくやれよ。そのあいだにわたしは庭を手入れしよう。池もきれいにしないとな。こないだの雨で泥が流れこんでしまったから」

トルムは立ちあがり、かたすみにある銃をとってきた。この武器は、文明との数すくない妥協の産物だ。

「じゃ、行ってくるぞ、ノロク」

トルムは歩きだし、下草のなかへ消えた。

ノロクはまだしばらくすわっていたが、やがて小屋を出て庭の手入れに向かう。

エラートが丸太小屋を見つけ、庭にひとりいるノロクと出会ったのは、それから数分後のことだった。

＊

その惑星住民がひとりきりなのは、まちがいなかった。エラートは丸太小屋を慎重に調べてみる。だれもいない。

とはいえ、ちいさな寝室がふたつあった。もしかしたら、ときおり客がたずねてきて泊まるのかもしれない。ただ、いまはこのヒューマノイドひとりだけだ。

エラートはむきだしの材木を組んでつくった小屋を出て、庭仕事をしている男に近づいた。細心の注意をもって、その意識のなかへ押し入る。

思っていたよりかんたんだった。だが、肉体を借りる作業はこれで終わりではない。異意識が抵抗することはなかったが、知識に関するセクターはブロックされているみたいだ。そこに到達して知識を増やすには、非常な骨折りを強いられる。

言語だ！　まず言語体系を獲得しないと、惑星住民とコンタクトできない。コラウスを探しだすには、言葉が必要不可欠だから。

とはいえ、宿主の目を通してみることは可能だし、耳を使って音を聞くこともできる。恒星光の暖かさも、山から風が吹いてくるのも感じられる。

相手のからだは掌握できた。だが、意識はまだ完全にものにしていない。

知識や記憶セクターも……

そのとき、足音が聞こえた。ふと見あげると、丸太小屋の角を曲がってこちらに歩いてくる男が目に入った。

銃を携帯しているが、使おうとはしない。その反対で、さげた手にゆるく持ったまま、ノロク＝エラートに近づいてきた。

男がなにか言葉を発した。その口調から質問していることはわかるが、もちろんエラートには理解できない。言語を習得するひまがなかったから。あと数分もあれば充分なのだが。

パニックに襲われたエラートは宿主のからだを出ようとしたが、男がふたたび理解できない言葉を発して向かってきたため、できなかった。男は銃を持った手をゆっくりとあげる。

エラートの決断はすばやかった。

ノロクが持っていた庭仕事用の鍬を落とし、未知の男に跳びかかる。奇襲は成功し、男の手から武器をはたき落とすことができた。次にこぶしをくりだし、相手の顎に命中させる。

男はよろめき、草の上にくずおれた。さぞ不本意だろう。

武器は五連発の自動小銃だ。それをエラートはひろいあげ、未知の男に向けると、「あいにくだったな」と、いった。相手が理解できないことはわかっていたが。「さて、きみはいったいなにものだ？」

エラートは驚いた。倒れていた男が血相を変えたと思うと、やめてくれというように両手をあげ、笑いだしたのだ。かれはあっけにとられ、武器を持った手をおろす。

安堵したような笑い声を聞いて、ますます茫然とした。まったくわけがわからない。

本当のショックがやってきたのは、完全に理解できる言葉で相手がこういったときだ。

「やれやれ、エルンスト！ あやうくダウンをとられるところだったよ。きみのパンチ、なかなかのもんだな」

テスタレ！

このヒューマノイドはテスタレの宿主だったのか！

エラートは銃を投げ捨て、地面にすわりこんだ。

「きみか、テスタレ！ いや、こんな偶然があるとは。いつ、この男のなかに入ったんだ？」

「十分ほど前かな。かんたんだったよ。抵抗もなかった」

「わたしのほうはまだ完全に掌握できていない。記憶セクターまでなかなか行きつけなくてね。あとすこしかかりそうだ」

「ゆっくりやれよ。そのあいだに、わたしは小屋を見てくる。わが宿主によると、現金を置いてあるそうだ。ここから先に進むなら、いずれ必要になるだろう」

「ここがどこかわかるか？」

「まだだが、いずれわかるさ」テスタレの意識を宿した男はそういって立ちあがり、丸太小屋のなかに消えた。

エラートはその場にすわったまま、集中してとりくんだ。テスタレとの思いがけない出会いで最初こそショックを受けたが、いまは大きな安心感に満たされている。

数分後には宿主の記憶をすべて引き継ぐことができ、いいあらわせないほどのよろこびにつつまれた。

立ちあがると、投げ捨てた銃をひろいあげ、テスタレを追って丸太小屋に入った。

＊

「ここの恒星の名前はウェロクで、惑星はザトロンだ。惑星住民のザトロン人は自分たちがこの宇宙で唯一の知性体種族だと信じこんでいる。きみも気づいただろう、エルンスト。かれら、われわれの祖先にそっくりじゃないか」と、テスタレ。

「わたしの宿主はノロクで、きみのはトルム。ブロタクスを仕留めに出かけたのだな」

エラートもまた、ごく短時間のうちに得た知識を披露した。「かれらの言語も習得できた。じつにかんたんだったよ。いまや疑問はひとつだけ。コラウスとはなにものか?」

「だれのことだ?」

「コラウスだよ! バルコンが非実体化したあと、わたしはきみたちから切りはなされ、例の〝声〟をまた聞いたんだ。そこである問いを持ちかけられて……」

「バルコン人種族がなしとげたもっとも輝かしい功績はなにか、訊かれたのか？」

「そのとおり」エラートは驚いて、「では、きみも〝声〟を受けとったのだな。コラウスと接触するようにいわれなかったか？」

「いや。ヴァンナイにコンタクトしろといわれた」

「それはまた、だれのことだ？」

ふたりは丸太小屋のなかにあるテーブルの前にすわっていた。卓上にはまだ食事ののこりがある。窓からは外の道がよく見えた。だれかが近づいてきたら絶対に気づけるだろう。

「ヴァンナイか？　きみがコラウスについて知らないのと同様、わたしもさっぱりだ。謎だらけだな。だが、いちばんの謎はあの未知の声だ。正直いうと、わたしは〝それ〟じゃないかと思ったんだが」

「そう考えられる点もいくつかあるが、ちがうだろう。わたしはむしろ、バルコンが関係するように思う。バルコン人種族のもっとも輝かしい功績という質問からして、それを示唆しているじゃないか」

「たしかに」と、トルム＝テスタレ。「いつか真実を知る日がくるだろう。だが目下のところは、コラウスとヴァンナイを見つけるほうが重要だ。おそらく二名のザトロン人なんだろうな。テラと同じ大きさの惑星で、たった二名の未知者を探しだすとは。相手がよほどの著名人なら話はべつだが」

ノロク＝エラートは立ちあがり、室内を行ったりきたりした。それからふたたびすわると、トルム＝テスタレをしげしげと見て、

「われわれふたりはだれにもたよらず、よりによってこの丸太小屋を目的地と定め、ここでふたりの男を宿主に選んだ。これがまったくの偶然だとは、まさかきみも思わないだろう？」

「つまり、なにか意図があるといいたいのか？」

「いまではそう確信している。意図があるなら、われわれに伝えられたふたつの名前にも、裏になにかがかくれているはず。ザトロン語の名前だから、特別な意味があるにちがいない。われわれ、もうザトロン語を習得したな。そこで、謎解きゲームをはじめようじゃないか」

「あの棚の上に紙と筆記具がある」テスタレは立ちあがり、それらをテーブルに持ってきた。「まずはヴァンナイ、そしてコラウス。よし、書いたぞ。ここからなにがわかる？」

エラートの考え方は論理的だった。

「われわれが出会ったのは偶然ではない。つまり、謎めいた声の持ち主はわれわれをひとつの単位と考えているわけだ。どちらが欠けてもゴールには行きつかない。謎を解く

鍵は分離・統合の共作用にあるんだと思う。ふたつの言葉が名前にせよ概念にせよ、同じことがあてはまるんじゃないか？」

トルム＝テスタレは紙に書いたふたつの言葉をじっと見つめ、

「ヴァンナイ……ヴァンナイコラウス。これじゃ意味をなさないな。〝ヴァンナ〟はわかる。ザトロン語で盲者のことだ。でも、コラウスはなんだろう？」

「待てよ！」ノロク＝エラートは友の手から筆記具をとりあげ、ヴァンナと書いてある部分にアンダーラインを引いた。そのあと〝ラウス〟の部分に印をつける。「ラウスはザトロン語で谷。まんなかの〝イコ〟は単純に〝なか〟という意味だ」

「ああ、それならわかるぞ！」トルム＝テスタレは興奮した。

「谷のなかの盲者！」

「つまり、ヴァンナ・イコ・ラウスか！」

＊

エラートのなかにふたたび、かすかな疑いが芽生えた。未知者は〝それ〟かもしれない。ふたつの言葉で謎かけをするところは、超越知性体のやりかたを彷彿（ほうふつ）させる。

しかし、その疑いをまた打ち消した。〝それ〟が声だけ未知者になる理由はどこにあるのだ？　あの不死存在はこれまで何度か別人になりすまして、エラートの前に登場したではないか。

外が暗くなり、かれらは丸太小屋でひと晩を明かすと決めた。〝谷のなかの盲者〟について情報を得るため、翌日は町へ出かけるつもりだ。小屋のうしろの車庫で、動物に引かせるタイプの四輪車輛を発見している。その隣りの厩舎(きゅうしゃ)には〝馬〟が二頭いた。餌(えさ)と水を充分あたえられ、とても馴れていておとなしい。

「あすは武器を持っていくか？」テスタレが訊いた。

「携帯するのはやめたほうがいい。きょう町を見まわったが、だれも武器を帯びていなかった。だが、馬車の座席の下にかくしておこう……万一の場合にそなえて。この世界のことはほとんど知らないのだから。いずれにしろ、わたしはノロクが知っている以上のことはわからない」

「どうやら、わたしのトルムのほうが狡猾(こうかつ)みたいだな。よくひとりで町に買い物に出かけ、知り合いと話している。ときおり接触するような関係の集まりがあるのだ。かれやノロクと似たような思想を持つグループらしい」

「つまり、技術発展に異を唱える連中か」エラートが簡潔にいいなおす。「面倒なことに巻きこまれなければいいが。ノロクの記憶を探ってもよく理解できなかったが、どうやらこのふたり、行政当局ともめごとを起こしたらしいぞ」

「いざとなればこの肉体を捨てて、べつの宿主を探すさ」

それもひとつの可能性ではある。

ふたりはしばらく話をつづけてから、各自ちいさな寝室に引きあげた。

エラートはそのあともずっと目ざめていた……すくなくとも、意識存在に睡眠は必要ないから。宿主のノロクは死んだように眠りこけ、トルムと競い合っていびきをかいていたが。

夜はなにごともなく更けていった。

3

四輪車輌は豪勢な乗り物とはいえなかったが、目的は充分にはたした。それにエルンスト・エラートとテスタレにとり、いまの肉体を捨てたくないなら、町へ行く手段はこれしかない。

ノロクとトルムの意識にはできるかぎり自立的にふるまわせようと、かれらはとりきめていた。必要になれば、軽い暗示をあたえるかたちで介入するだけだ。もちろん二名のザトロン人は、なにが起こったのかまったく知らない。きょうの町行きも、前からの計画だったと信じこんでいた。

「きのうはついてなかったぜ、ノロク。ブロタクスを仕留められなかった。なぜだかこっちの気配を嗅ぎつけ、森のなかへ逃げこんでしまったんだ」トルムはポケットに手を突っこみ、くしゃくしゃの紙幣の束を引っ張りだした。「これだけあれば食料を補充できるだろう。そろそろまた〝結社〟の連中から金をせしめないとな。それがなけりゃ、もうかれらとは関わらないんだが」

「危険すぎるぞ、トルム。すこしほとぼりが冷めるまで待ったほうがいいと、何度もいったじゃないか。今回は警察が見逃してくれるといいが」

「われわれが関与した証拠はないんだから、そんなに騒ぐな」

「当局がこちらを追いつめる気なら、かんたんだ」ノロクは不安げにいう。「わが家をまだ捜索にこないのが不思議だよ。ところで、なぜきょうは銃を持ってきたんだい？いつもそんなことしないのに」

トルムは肩をすくめて、

「きみがいいだしたんじゃなかったか？」

「いや、きみのほうだろう。ウェロクにかけて、われわれも年とったな。なんでも忘れてしまう。ま、いいさ。とにかく持ってきたわけだ。座席の下なら見つかるまい」

馬車は左右に数軒の家が建ちならぶ道を行く。町までは遠い。途中で何度か住民に呼びかけられ、ノロクかトルムのどちらかが挨拶を返した。やがて鉄道のレールを横切り、それに沿って平行にはしる道路を進んでいった。

畑地でなにか作業がおこなわれている。

トルムがそちらを指さし、

「あそこでつくろうとしてるのは、農夫の仕事を奪ってしまう機械だ。こんなことがつづいたら、みんなふてくされて働かなくなる」

「前進、前進！」ノロクが皮肉めかしてつぶやく。

じきに町の周縁部に近づくと、ふたたび道路のまんなかに鉄道のレールがのびていた。ほかの馬車や荷車が通りすぎては、乗客同士で会話や挨拶がかわされる。エラートは思った。孤独を好む男ふたりには、自分が考えていたよりずっと多くの知り合いが町にいるようだ。

かれもテスタレも、意図せぬところで宿主に影響をあたえないよう、できるだけ深く意識下にもぐりこんでいる。

「腹がぺこぺこだ」トルムがいい、道の出っ張った場所に馬車をとめた。そこは一種の駐車場らしい。すでにほかの乗り物も数台とまっている。「ブレントルのところでうまいものを食おう」

「うまい酒もな」ノロクは乾いた唇を舌でなめた。

ふたりは動物をつなぐと、道路を横切って、ブレントルが営む居酒屋に入った。席は半分ほど埋まっている。でっぷり太った店主がカウンターの向こうから喜色満面で手を振った。

「よかったよ、ふたりがきてくれて。どうしてるかと訊かれてたんでね」

「だれに？」

「だれだったかな？　あいつやこいつや、とにかくあんたたちの友だ。ぜんぶの名前をおぼえちゃいられない。待ってな、いまメニューを持ってくるから」

「ブロタクスの焼いたのはあるか？」と、トルム。「あるなら、それをふた皿たのむ。あと、ビールをジョッキでふたつ。ただし、よく冷えたのがいいな」

「きょうは氷塊が手に入ったから大丈夫」店主ブレントトルはそういって厨房に引っこんだ。

「やれやれ、やっと肉にありつける」ノロクはうれしそうに席につくと、「空腹のせいかな。なんだか頭が痛い」

これを聞いたエラートは、あわてて宿主の奥深くに引っこんだ。知らないうちに表に出すぎていたのだろう。もちろん、意図的ではないが。

「いま行くよ！」ブレントトルがカウンターから声をかけ、ジョッキをふたつ運んできた。

「まずは喉の渇きをいやしてくれ。きょうは暑いからな」

しばらくして、焼き肉の皿もやってくる。孤独好きのふたりは何日も食べていなかったかのように、せっせとかぶりついた。

そのとき、ひとりの男がドアをくぐって入ってきた。店内をじっくり見わたしたあと、トルムとノロクに目をとめる。呼ばれてもいないのにそのテーブルに近づき、隣りにすわった。

「うまいか？」と、訊いたあと、自分もビールを……つまり、ザトロンでビールと称されている飲み物を……注文して、「あんたたち、こないだの集会に顔を見せなかったな。じつは警察とひと悶着あってさ」

トルムは肉を食べる手をとめず、聞き流している。ノロクが顔をあげた。

「ほう？　なぜそんなことに？」

「例の〝電気〟とかいう新発明のせいだよ。そいつは滝の近くでつくられている。大きな建物があって、機械がたくさん置いてあることしか知らないがね。とにかく、そこで爆弾騒ぎが起きたんだ」

これを聞いてトルムも食事を中断する。

「爆弾だって？」ノロクだ。「で、警察は結社のしわざだといったのか？」

「疑っているようだが、証拠はない」

「事態がおちつくまで用心したほうがいいぞ。牢屋に入るのはごめんだ」

男はビールを飲み干して立ちあがり、ブレントルに向かって硬貨を一枚投げた。

「今夜も集会を開く予定だ。くるよな？」

ここでトルムがあわてて首を振り、

「悪いが、行けない。だいじな約束があるから丸太小屋にもどらないと。ノロクのいうとおりだ。きみたち、すこしおとなしくしていたほうがいいと思う」

「あんたたちも、あまり結社と疎遠にならないほうがいいぞ」男は警告し、挨拶もなしに去った。

　その姿を見送って、ノロクがいう。

「わたしは気にいらんね、トルム。いまの言葉は脅迫そのものだ。そう思わないか？　巻きこまれないほうがいいかもしれない。かれらの考え方はわれわれと同じだが、暴力はいやだ。爆弾は暴力だよ」

「つまり、爆弾騒ぎに結社が関わっていると思うんだな？」

「ほかに考えられるか？」

　ふたりは黙ってビールを飲み干し、勘定をすませた。

＊

　町での用事をかたづけるあいだ、エラートとテスタレは宿主ふたりに自由行動させることにした。トルムとノロクはまずいくつかの店で生活必需品を買いこんだあと、細い路地に入り、ちいさな個人商店で新しい弾薬を手に入れる。

　それからまた表通りに出た。商店街をぶらぶらしながら、ブレントルの居酒屋や駐車場がある方向へもどる。そこでエラートは、本や地図が飾ってあるショーウィンドウを発見。すばやく決断し、ノロクを完全に支配すると、立ちどまって宿主にこういわせた。

「なあトルム、わたしはずっと地図がほしいと思っていたんだ。しょっちゅうここまでくるわけじゃないし、世間のようすを知りたくなったら、地図があると便利だろう」

　トルムも立ちどまる。

「どうかしたんじゃないか、ノロク。地図でなにをする気だ？　町がどこにあるかも、自分たちがどこに住んでいて町からどれだけはなれているかも、わたしはよく知っている。森のことなら地図がなくたってわかるし」

「それでもほしいんだよ、どうしても」ノロクは不満げにいう。

　ここでテスタレが慎重に介入した。本当に地図をほしがっているのがだれなのか、気づいたのだ。

「わかったよ」トルムはしぶしぶポケットに手を突っこみ、紙幣を一枚とりだして友にわたした。「ほら！　これっきりだぞ。頭を冷やしてほしいね、まったく」

　エラートはノロクを支配したまま店内に入り、町およびその周辺地域の地図と、全大陸が描かれた地図の二枚を買いもとめた。それから、ふたたび宿主の奥に引っこむ。

　トルムは外で待っていた。

「満足したか？　きみがその地図ではたして賢くなるかどうか、見ものだな」

　ノロクはまるめた二枚の地図を手に持ち、けげんそうにする。なぜこんなものを買ったのだろう、といいたげな顔だ。

「そうだな、わたしにもわからない。突然、地図を買うという考えが頭に浮かんだんだ。

いったいなんの役にたつんだか。あちこち走りまわらなくたって方向はわかるのに」

「ふむ」トルムはそれだけいい、また歩きはじめた。

馬車をとめてある場所に着き、買った品をすべてほうりこむ。座席の下に銃があるのを確認すると、また一杯やるためにブレントルの居酒屋へ向かった。

店は満席で、押すな押すなの勢いだった。ふたりは苦労してようやく友人たちのいるテーブルを見つける。

「きょうは二度めか？　よくきたな」と、結社のリーダーから声がかかった。

トルムはジョッキのビールをごくごくとうまそうに飲んだ。口をぬぐってから、この場の会話は自分にまかせろと、ノロクに目で合図する。

「丸太小屋では山ほどやることがあるんだ。やらないと、なにもかも自分たちにのしかかってくるんでね。きみらはわれわれがいなくてもやっていけるだろう。むろん、なにか危急の場合にはたよってくれてかまわない」

「そう願うぞ、トルム！　いずれ、この地区の研究所を襲撃しようと計画しているから。そこじゃ当局がわれわれの税金で研究を進めている。なんのために？　ひとえにこっちに負担させ、肥えたやつらに悪魔の産物をつくらせるためだ。そんなもの、どうせわれわれがぶっ壊すのに」

トルムは首を振った。

「知ってのとおり、われわれは新しい文明よりも自然のなかでの簡素な暮らしをよしとしている。だが、きみたちみたいな極端なやりかたに本質があるとは思えない。われわれ、つねにきみたちを精神的に支えてきたし、役だつヒントをあたえもした……」

「それに対する報酬は支払ってきただろう、トルム」

「たしかに。だが、ノロクもわたしもきみたちが殺人に手を染めるのは反対だ。それにはくわわらない」

リーダーの声が威嚇的な響きを帯びる。

「用心しろ、友よ。あんたたちもよく知っているはず。警察はわれわれ全員に目をつけている。ただ証拠がないだけだ。われわれのだれかが口をうっかり滑らせたなら、ふたりともおしまいだぞ」

「きみたちもな」トルムは怒りをにじませて応じた。それからすこし態度をやわらげ、「内輪もめしている場合じゃないだろう？　信じていい。きみたちのことを密告したりはしないよ。われわれはただ、これまでよりすこし距離をおきたいだけだ。いつか丸太小屋を訪ねてきてくれ。そうすれば、わずらわしい話もゆっくりできる。友好的にな。どうだ？」

リーダーはそこにいる結社のメンバーたちに視線をはしらせ、かれらの顔に了承の意を読みとると、トルムにいった。

「いいだろう。また連絡する」

トルムとノロクはジョッキを空にすると、結社のメンバーに別れを告げ、ブレントトルに勘定を支払って店を出た。道路を横切って馬車に乗りこみ、ノロクが手綱をとって道路を進んでいく。町をあとにしたとたん、ノロクは馬を走らせて、

「かれらを家に招待してよかったのかな？」

「わたしもそう思ったが、かれらとの関係を切るのはまずいだろう。そんなことをすれば厄介ごとに巻きこまれてしまう。それだけはなんとしても避けたい。いずれにしろ、注意深くようすを見よう」

そのあとは沈黙がつづいた。

*

エルンスト・エラートとテスタレにとり、この日は自分たちの本来の目的に一歩も近づけなかった。疑いをいだかせずに動けるチャンスがなかったから。ただ、地図を手に入れることはできたが。

かれらは孤独好きの宿主ふたりに車輛と馬の手入れをさせ、買ってきたものをじゃますることなく貯蔵庫に詰めこませる。トルムとノロクがつましい食事を終えたのち、宿主の意識をふたたび完全に支配した。

「警察沙汰に巻きこまれるのはごめんだな」と、エラートがノロクの口を通じていう。

「いいことはひとつもないし、なんの進展にもならない。おまけにわれわれの宿主はどちらも〝盲者〟がだれなのか、どこに行けば見つかるのか、まったく知らないようだ。宿る肉体をほかに探したほうがいいんじゃないか？」

「それはどうかな」テスタレが応じた。「忘れるなよ。われわれが、まるではかったようにトルムとノロクに宿ったのは偶然じゃない。まちがった道を選んだと、また〝声〟にいわれるのはいやだ」

テスタレのいうとおりだと、エラートも認めた。未知の声を通じてこちらを観察し、操作している者がだれであるにせよ、ある目的を追っているのはたしかだ。それに逆らったところで意味はない。

一瞬、消えてしまったバルコンのことを思いだす。いまどこにいるのだろう？　転送インパルスはバルコン人だけをとらえ、自分とテスタレを置き去りにしたのか？　ひょっとしたら、バルコンはすでに成就の地に到着し、そこで自分たちを待っているのかもしれない。

「われわれは正しい道にいるはず」エラートは希望的観測を述べた。「その兆しははっきりしている。ただ、ここにとどまっていてはだめだ。考えたんだが、あす、わたしひとりで町に行ってみるよ。もちろん、完全にノロクを支配した状態で。かれの性格やその知識も充分わかったから、だれにも気づかれずに行動できると思う。ノロクの精神がいつものかれとちがうなんて、だれも考えつくはずないだろう？　かれにいろいろ質問をさせるつもりだ。そうしないと盲者のシュプールは見つかるまい」

その案にテスタレも賛成したものの、くれぐれも注意しろと警告した。

「ノロクはあまり利口とはいえないぞ、エラート。盲者について下手な質問をさせたら、不審に思われるかも。なにか筋の通った口実を用意しておかないと」

「なんとかやってみるさ」

「どうなるか楽しみだな」

エラートはノロクの口を使って笑い声をあげた。

「わたしもだ、テスタレ。わくわくするよ」

＊

翌日エルンスト・エラートはザトロン人ノロクになりすまし、馬車で町まで出かけた。ふだんはほとんど人通りのない道を行くと、両側に建った家の住人が親しげに挨拶してくる。エラートは宿主の記憶を探り、ただの隣人か友かを区別しながら、同じく友好的に応じた。

丸太小屋にのこったテスタレのほうは、宿主トルムにからだの制御をまかせていた。

トルムはまたブロタクス狩りに出かけたが、やはり収穫はなく、帰ってから庭仕事をはじめた。ノロクひとりで町に行ったことはなんとも思っていない。

エラートは町に着いたあと、前と同じ場所に馬車をとめ、喉が渇いたノロクにまずブレントトルの店でビールを飲ませることにした。行ってみると、まだ客はだれもいない。店主は退屈しのぎができるとよろこんだのか、話しかけてきた。

「あれ、きょうはひとりか？　トルムは？」

「家でやることがあって」

「だが、買い物はきのうすませただろう。きょうはまたなんの用事だい？　いつもは何週間もしないと顔を見せないのに」そこでブレントトルはノロクに鋭い目を向け、「そうか、結社のメンバーと会うんだな？」

「偶然に会えたらね」エラートは用心深く答えた。この店主が結社とどういう関係にあるかわからない。ノロクも知らないらしい。「同志たち、なにかいっていたか？」

「知らん。関わる気もない。いずれにしろ、わたしは石油ランプとおさらばしたいんだ。もっと明るい照明器具がほしい。例の最新技術のこと、あんたも聞いただろう」

「聞いたとも。だが、興味はない。辺鄙（へんぴ）なところに住んでいるからな。技術の成果はわが家にまでやってこないと思う」

「ああ、そのことだが……最新技術の電気ってやつは、線を伝ってやってくるんだと。

おかしな話だよ。それでも、とにかく使えるんなら文句をいう筋合いはない」

「わたしもそう思う」

そのとき、数名の客が騒がしく入ってきて、テーブルについた。まるで自分の店だといわんばかりに傍若無人(ぼうじゃくぶじん)にふるまっている。それでもブレントルは、下にも置かぬあつかいで丁重に相手をした。

エラートが宿主の知識を探ったところ、新来の客は町の偉い役人たちだとわかった。ノロクもよくは知らないようだが、人を見れば高圧的な態度に出る連中らしい。ノロク＝エラートはカウンターの近くに立ったまま、大声でかわされる会話に耳をすませた。注文をとってもどってきたブレントルが話しかけるので集中できなかったが、どうにか会話の断片をキャッチすることに成功。

そのなかに、思わず注意を引かれた内容があった。

「やつら、驚くぞ。今夜の計画を実行しようとしたらどうなるか……」

声の主はさらにつづけたかったようだが、そこで全員がいっせいに話しだす。しかし、ふたたびエラートをはっとさせる言葉がいくつか聞こえた。〝時代に乗り遅れている〟とか、〝技術の進歩をはばむおろかな連中〟とか。

〝やつら〟というのが結社をさすことは容易に想像できる。役人たちが話しているのは研究所の襲撃計画に関する内容だということも。おそらくゆうべの集会で、今夜決行となったのだろう。

つまり、結社のなかに裏切り者がいるわけだ。当局のスパイが。

今夜の計画が失敗しても、孤独な男ふたりに疑いがかかることはないはず。きのうノロクとトルムは結社のリーダーと論争したばかりだから。

ノロクはビールを飲み干し、勘定をすませて居酒屋を出た。

駐車場の奥にベンチが置かれた公園がある。ノロク＝エラートはそちらへ近づき、ベンチにすわった。ゆっくり考えたかったのだ。内心あきれていた。町の役人が居酒屋というオープンな場で、極秘と思われる反撃作戦について声高に話すとは。だが、すでにかなり酔っぱらっていたにちがいない。まさか罠ではないだろう。たとえかれらが、こちらに……つまりノロクに……気づいていたとしても。かれらにとり、ノロクはとるにたらない存在だから、無視するはず。

決断しなくては。時間がないからテスタレに相談することはできない。馬車で丸太小屋に帰宅していたら、夜になる前に町にもどれず、結社の人々への警告が間に合わなくなる。

異世界での出来ごとには関わらないという基本方針にそむくのは重々承知だったが、いまのエラートはノロクなのだ。ノロクがするように行動し、あらゆる暴力とそれを用いる者に抵抗しなければならない。もし今夜、襲撃計画とその反撃作戦が実行されたら、死者が出てしまう。

　それは避けたいとノロクなら思うはず。くわえて、自分が盗み聞きした内容を結社に知らせたら、裏切り者ではないかと疑惑を持たれる恐れはゼロになる。おしゃべりな役人たちも、まさかノロクを疑いはしないはず。

　そのとき、ひとりのザトロン人が公園をぶらぶらしているのがわかった。なにか探すようにあたりを見まわしている。ノロクの知人で、結社のメンバーだ。こちらに近づいてくると、なにもいわずに隣りにすわった。

「これはなんと！　あんたはきのうも町にいたな。忙しいとかいってたのに、きょうもきたのか？」

　エラートは即座に決断した。

「たまたまさ、ノルテクス。それにしても、いいところで会った」

「どういう意味だ？」

「聞いてくれ、ノルテクス。きみも知ってのとおり、トルムとわたしはきのうの集会に参加しなかった。なのに、結社が計画した今夜の襲撃の件を小耳にはさんだのだ。くわしい内容はわからんがね」

　ノルテクスは眉を高くあげて、

「きのういなかったのに、どうして襲撃計画のことを知った？」

「信じられないかもしれんが、半時間ほど前に知ったばかりだよ。ブレントルの店にいたところ、役人たちがやってきてね。あまりよく知らない連中だが、四、五名いたかな。その会話のなかに襲撃計画のことが出てきた。警察が待ちかまえているらしいぞ。そこで提案だが……」

「ちょっと待て、ノロク！　それはありえない。われわれの計画がなぜばれたんだ？　きのうの集会に出ていたのは信頼のおける幹部だけなのに」そこではっとして、ノロクをうかがうように見る。「もしかして、そのひとりがスパイだというのか？」

「ほかに考えられないだろう？　集会が開かれたのはどこだ？」

「リーダーの自宅だ。いつものように」

「だれにも盗み聞きされなかったと確信できるか？」

「見張りを置いていたから、あやしい者がいれば見逃さない」

エラートは考えこむように間をおいた。ノロクは反応が遅いことで知られているから。

やがて、口を開く。

「幹部のだれかが裏切ったのはたしかだと思う、ノルテクス。計画を中止しないと大変なことになるぞ。そうなれば結社はおしまいだ。わたしがいつもいっているだろう、暴力はなにも生みださないと」

「すぐリーダーに知らせるよ。きっと不機嫌になるな。それにしても、いったいだれが裏切ったんだろう？」

「わたしにもわからない。罠をしかけたらどうかな」

「罠？」

エラートはしばし考えた。ノロクにうまい提案をさせるのは、はたして賢明だろうか。だが、やはりそうしようと決める。

「そう、罠だよ。この話をするのはリーダーだけにして、あとはだれにも教えるな。今夜の襲撃にひとりだけこない者がいるはず。つまり、それが裏切り者だ！　だって、警察が張っていると知ってるんだから」

「こない理由があるか？　警察もかれのことは見逃すだろう」

「役人たちの話だと、今回ははげしい反撃に出るとのことだった。しかも、夜だから真っ暗だ。流れ弾に当たるようなリスクはスパイもおかすまい。信じろ」

ノルテクスはしばらく黙って考えこんでいたが、やがてノロクの肩をぽんとたたき、

「わかった、友よ。リーダーのところへ行ってくる。あんたの恩は忘れないよ。これから帰宅するのか？」

「もうすこし町にいるつもりだ。忘れるなよ、いま聞いた話はだれにもいうな。話す相手はリーダーだけだ。あと、今後はもっと行動に気をつけろ」

「われわれのなかに裏切り者がいると考えると、がまんできない」ノルテクスはつぶや

くと、振りかえりもせず、のろのろ歩いて去った。

五分後、ノロク＝エラートも公園を去ることにした。

＊

丸太小屋にもどると、あたりはすでに暗くなっていた。エラートはテスタレになにか訊かれる前にいう。

「いや、収穫はない。そのチャンスがなかったから。ただ、べつの出来ごとが起こって……」

結社のなかに裏切り者がいることをくわしく話して聞かせる。役人たちの謀略を暴いてみせたため、自分たちに疑いがかかる恐れはなくなったことも。

テスタレは異議を唱えず、この件で特別報酬をもらえるからトルムがよろこぶだろうといい、いまの情報をザトロン人の意識のなかに慎重におさめた。エラートもすでに、ノロクに対して同じようにしていた。

それから意識存在ふたりは奥に引っこみ、宿主にからだの制御をゆだねる。

「今夜、リーダーがミスしないように祈るだけだな」トルムがしばらく考えこんだのち、口を開いた。「できればいますぐ町に行って、かれと話したいんだが」

ノロクは首を振った。

「あまりに危険だし、目立ちすぎる。ノルテクスが警告すればそれで充分だ。スパイは今夜のうちに排除されるだろう」

トルムは嘆息し、

「だといいが。うまくいけば、われわれは特別報酬を受けとれる。いいタイミングだ。手持ちがすくなくなっているし」

ノロクがあくびをした。

「わたしはもう寝るぞ。またあすがあるんだ」

しばらくして両ザトロン人がベッドに入り、夢の国に行ったところで、エラートとテスタレはふたたび話し合った。

「だんだん心配になってきた」と、エラート。「われわれ、盲者を探しにきたのに、どうでもいいことで時間を浪費している。だが、偉大なる未知者が事実上、この宿主ふたりをあてがったんだ。ひょっとしたら、宿る相手があべこべだったんじゃないか？　いったん外に出て、やりなおしたらどうだろう」

「それは致命的なミスかもしれないぞ。われわれが操作されているのは、なにか理由があってのことだ。それに、われわれにとって時間は無意味なファクターじゃないか？それより心配なのはバルコンのこと。かれの消息が知りたいよ」

「わたしもそう思うが、かといって心配はしていない。われわれと同じく、未知の声の庇護下にいるはずだから……とにかく、そういうしかないな。バルコンがいなくなったのは必然だよ。かれがここにいたとして、なにができる？　たちまち異人だとばれてしまうんだぞ。ザトロン人もヒューマノイドではあるが、バルコン人やテラナーとはちがう。盲者を探しだせるのはわれわれだけだ。それが非常に重要な点だと思う」

「いずれにせよ、あすだな」テスタレがきっぱりいう。「あす、谷のなかの盲者について訊いてみよう」

「町へ行くのか？」

「いや、友よ。あすは絶対にお客があるぞ。すべてうまくいけば、わが家に結社のメンバーが訪ねてくるはずだ。トルムとノロクに礼をいうために」

＊

テスタレのいうとおりだった。

トルムとノロクは……いまは完全にザトロン人になっている……その日、庭仕事やほかの作業にいそしんでいた。トルムはようやく若いブロタクスを仕留めることに成功。獲物をさばいたのち、うまい焼き肉をつくろうと準備していた。

午後も遅い時間になると、町のほうから馬車が二台やってきた。庭で作業していたノロクの耳に、遠くから歌声がとどく。結社の面々だ。どうやら、すでにビールをジョッキ数杯飲んできたらしい。

ノロクはかれらに近づいた。かれらはひどくはしゃいで挨拶すると、大きな酒樽をおろして丸太小屋に運びこんだ。ノロクとトルムを訪ねてきた結社のメンバーは八人。エラートとテスタレはこのときも奥に引っこんでいたが、必要とあればいつでも即座に宿主と入れ替わるつもりでいた。だれにも気づかれはしない。

ノルテクスが報告した。

「あんたのいうとおりだったぞ、ノロク。決行時刻にあらわれなかった者がひとりいた……レトだ。その前にリーダーが、襲撃予定場所を警察が包囲しているのを確認した。知らなかったら大変なことになっていただろう。われわれがレトの家に押しかけると、やつは病気のふりをして寝ていたが、ついに裏切ったことを認めたよ。いまは見つからない場所に監禁している。どう処分するか、沙汰が出るまで」

「おそらく、かれは当局から金をせしめたはず」トルムがキイワードを口にした。

「おそらくな」ノルテクスはポケットから紙幣をとりだし、「これは今回の働きに対する報酬だ。リーダーにいわれて持ってきた」

「ありがたい。さて、食事にしようや。きみたち、樽を持ってきてくれたな。喉がからからだ」

にぎやかな酒盛りは夜までつづいた。いまがチャンスだと、エラートは思った。ノロクはすっかりノルテクスと親しくなっている。これは都合がいい。かれは宿主の意識を支配すると、うまくノロクになりすました。だれも入れ替わったとは思わないだろう。

時間をむだにせず、ゴールを直接めざすことにした。

「なあノルテクス、どこかの谷に住んでいるという盲者の話を聞いたことはあるか？」

ほかのメンバー数名は聞き耳をたてたが、にやにやしただけ。すぐにまた自分たちの会話にもどり、ビールを飲んでいる。

ノルテクスは驚いた顔をして、同じくにやりと笑った。

「おとぎ話に出てくるヴァンナ・イコ・ラウスのことか？　そりゃ、母親が子供を寝かしつけるときに使うやつだ。まさか知らないというんじゃあるまい！」

「じつは本当に知らないんだよ。だれもおとぎ話をしてくれなかったもんで」

「たしかに、わたしももう忘れた。ま、知らなくてもどうってことない」

「だが、どうしても知りたいんだ。町でだれかが盲者の話をしているのを小耳にはさみ、興味が湧いた。だからきみに訊いたのさ」

ノルテクスはどうでもよさそうにビールを飲み、

「たぶん、そんな盲者なんかいないんじゃないか。どこか山奥に住んでいるという話だが、だれも見たことはないね。世捨て人かも」

「たしかめた者はいないのか？」

「おとぎ話のなかに真実があるとでも？　たしかめた者はいるかもな。ただ、わたしはまったく信じないが」

「それはだれだ？」エラートは食いさがった。問題解決に近づいたと確信したから。

「まったくもう！」ノルテクスがうなった。明らかにいらいらしている。こんな話題にかかずらうより、ほかの者たちと大声で歌いたいのだ。「ひとりだけいるんだ、谷に入って盲者を見たといってるやつが」

エラートは電撃に打たれたようなショックを受けた。

「だれだか教えてくれ。それが本当なら、盲者はおとぎ話の登場人物じゃないってことになる」

「しつこいな、ノロク。くだらん話にこだわるなんて頭がおかしいぞ」

「いいかげんに教えろ。いったいだれなんだ、盲者を見たといっているのは？」

ノルテクスはビールのおかわりを注ぐと、ぐいと飲んでからいった。

「そこまでいうならしかたない。レトだ……例の裏切り者だよ」

＊

夜もすっかり更けたころ、酔っぱらいを乗せた二台の馬車は町の方向へ帰っていった。

エルンスト・エラートはノルテクスから聞いた話をテスタレに伝える。トルムとノロクはぐっすり眠っていた。

「よりによって、レトとは！　どうする、エルンスト？」

エラートもずっとそれを考えていた。可能性はひとつしかない。

「レトの監禁場所はノルテクスから聞きだした。ノロクが眠りこんでいるいまのうちに、わたしはかれのからだを出て、レトのもとへ行こうと思う。すこしのあいだ、かれのなかに入り、記憶を探るつもりだ。数分もあればできるだろう。あとはどうにでもなる。レトはなにひとつ気づかないさ」

テスタレはこのアイデアの是非（ぜひ）を天秤（てんびん）にかけたのち、賛成した。

エラートにとり、ノロクのからだを出ることはなんの問題もない。ただの意識存在になれば、すべての物質的障害はなくなるから。数秒後には町に着き、人目につかない場所にある建物を見つけた。ここに裏切り者が監禁されているのだ。エラートは見張りが二名立っているそばをそっと通りすぎ、閉まったドアをすりぬける。そこで手足を縛られてベッドに寝かされているレトを発見。

相手は眠っていて、ときおり悪夢にうなされるだけだったため、からだのなかに入りこむのは容易だった。あとはレトの下意識に深くもぐり、伝説の盲者との出会いに関する記憶を掘り起こして、表面にのぼらせればいいだけだ。そうしてようやく、問いについての暗示を得ることができる。

五分もすると、レトの精神の目の前に荒涼とした岩山の風景があらわれた。谷の切り通しがぼんやり見えるが、はっきりとはわからない。そしてついに、ひとりの男の輪郭が影のごとく浮かびあがった。ただし、ほんの数秒だけ。

エラートは必死に影を追うが、その姿はもうあらわれず、谷の風景だけになる。頂上をふたつ持つ山が遠くに見えた。べつの方角にはどこかの町の家並みと、鉄道のレールがある。その町は古い時代のものと思われる朽ちかけた外壁にかこまれていた。

レトが目をさまし、寝返りを打つ。

エラートは相手のからだを出た。もう充分わかったから、ここに用はない。丸太小屋に帰り、テスタレに状況報告する。

「基本的には大丈夫だが、問題は鉄道だな。汽車で行かないと、その町を見わけることはできない。あすの朝もう一度、地図をよく見てみよう。山も町も載っているはず」

「われわれがうろついているのを結社の連中に見られたら、騒がれるぞ。だがまあ、なにか信憑性のある言い逃れを考えつけるだろう。トルムとノロクが親戚の家を訪ねてきたことにしてもいいし」

「なんとかなるさ」エラートは楽観的に応じ、宿主の奥に引っこんだ。

4

地図をたんねんに見たところ、予想以上に多くのことがわかった。しかも、トルムは古い外壁にかこまれた町を知っていたのだ。数年前に行ったことがあるので。

「鉄道の駅は三つある」と、トルム。ノロクとふたり、馬車でやってきて、ブレントルの居酒屋の向かいにある駐車場に近づいたところだ。「汽車が出るのは一時間後だ」

ブレントルは興味津々のようすだったが、ふたりから金をもらい、騎乗動物二頭の世話を引き受けた。エルンスト・エラートとテスタレ……あるいはノロクとトルム……は、町の周縁部にある駅舎に向かい、往復切符を二枚買う。

結社のメンバーでふたりに気づいた者はいないようだ。だれかになにか訊かれることもない。発車ベルが鳴り、蒸気機関車に引かれた貨車三台が近づいてきた。ふたりはすいた貨車を見つけて着席。汽車はもくもくと煙を吐きながら動きだした。

思わずエラートのなかに、忘れかけていた若い時代の記憶がよみがえった。大昔のことはいえ、すでにそのころ大部分の列車は電気で動いていたが。しかし、地球ではいまでも多くのレジャーパークで、ほんものの蒸気機関車によるみじかい旅を楽しむことができる。

　窓から外を眺めた。ちょうどいま、丸太小屋につづく道を通りすぎたところだ。家は森のずっと向こうにあるため、ぼんやりとしか見えない。汽車はとくにスピードを出すこともなく、知らない土地を走っていく。途中で二度、ちいさな集落で停車した。燃料の薪（たきぎ）を積みこみ、やかましい音をたてて水を補給したのち、また走りだす。

　エラートは期待に満ちて窓の外を見た。レトの記憶から無理やり探りだした、頂上をふたつ持つ特徴的なかたちの山がじきに見えてくるはず。

「あれだよ、テスタレ！」ノロクの口を使って叫ぶ。

「だが、次の駅でとまるまでは降りられないぞ。そこで馬車を借りられるといいけどな。金ならある」

　駅は集落の中心部にあった。ふたりのほかに降りる客はいない。汽車はすぐにまた動きだし、去っていった。エラートとテスタレは周囲をきょろきょろ見まわす。

　数名のザトロン人が好奇の目を向けてくるが、じきに興味を失ったようだ。ふたりはすこし考えてから近くの商店に入った。山へ行くのにどこかで乗り物を借りられないかと、店員に訊いてみる。

　訊かれた男はあからさまに驚いた顔をしたが、進んで情報をくれた。つまり、自分がよろこんで馬車を賃貸しするというのだ。だがそのさい、警告すべきだと思ったのか、声をひそめて告げてきた……山のなかにはおかしな隠者が住んでいる、しかも目が見えないらしい、と。その姿を見たザトロン人はほとんどいないし、隠者は買い物にくることもないから、どうやって暮らしているのかだれも知らないという。

エラートとテスタレは店員をなだめるため、隠者がいようといまいと関係ない、すこし山を歩いてくるだけだと説明した。日暮れ前にはもどるから心配しないでくれと、つけくわえる。

ふたりは馬車の借り賃を支払うと、線路に沿って進み、汽車でやってきた道のりを引きかえした。

頂上をふたつ持つ山が左側にくっきり見えてきたところで、車道をはなれた。そこからは轍（わだち）がうっすらと山の方角へつづいている。それをたどることにした。

さっきの商店で買った品々を、ノロクとトルムに飲み食いさせる。かれらの意識は活動していなくても、肉体には慣れた食料が必要だから。

正午すこし前になり、低木の茂みを通りすぎたとき、いきなり目の前の景色が開けた。あまり遠くないところに谷の入口が見える。

ふたりはためらうことなく、そこをめざした。

＊

谷の入口は岩石がごろごろしていた。これ以上、馬車で進むのは無理だ。ふたりは馬具をはずした動物に乗り、走らせることにした。だが、遠くまでは行けそうもない。脇のほうにあるちいさな隘路（あいろ）から水が流れ、草がまばらに生えてきているから。

踏みかためられた道がなくなったため、徒歩で進むしかなかった。とはいえ、ルートは一本しかないから迷うことはないだろう。左右には険しい絶壁が影をつくっている。しだいに道はのぼり坂になった。

半時間ほど歩きつづけたあと、ふたりはふいに立ちどまった。前にあるのぼり坂の向こうに谷間が出現したから。エラートがレトの記憶のなかで〝見た〟光景と同じ。思いちがいではない。ついにゴールに着いたのだ。

「下を見ろ」エラートは宿主の口を通じていった。「あの男だ。まちがいない」

ひとりのザトロン人が見えた。ヴァンナ・イコ・ラウスである。右手に杖を持っているから、老人なのだろう。

老人は石段の最上段に立っていた。背後の岩壁には四角い開口部がある。

その姿を見ると、なぜか何年もそこに立っているように感じられた。しかも、なにかを待っている。

「たしかに、かれだ」テスタレも同意した。「奇妙だな。ザトロン人たちはヴァンナ・イコ・ラウスのことをおとぎ話のおかしな登場人物だと思っている。こうして目の前に存在するのに」

「だが、その姿を見た者はほとんどいないんだ。行ってみよう」

ふたりは細い一本道をたどり、谷へとおりていった。

盲者は……本当に見えていないのだろうか？……かれらが近づいたのを感じとったにちがいない。こちらに顔を向け、目を開けたから。どこからどう見ても盲者だとは思えなかった。

男ふたりはゆっくりと石段をあがり、世捨て人の数メートル前に立つ。

「こんにちは、ヴァンナ・イコ・ラウス」エラートがノロクの口を借りて挨拶した。

「われわれを待っていたのですか？」

老人は明瞭な声で答えた。そこには疑いや不信感もまじっている。

「待っていた相手がきみたちかどうかは、まだわからない。きみたちのことを話してくれ。わたしの知っている内容もあるかもしれん。たがいの知識が合致すれば、わが努力はむだでなかったことになる」

トルムがノロクにうなずきかけ、エラートは語りはじめた。

「こっちはカピンのテスタレで、わたしはエルンスト・エラート。どちらも肉体を持たない意識存在ですが、あなたに会うため、いまはこの男たちに宿っています。バルコン人バルコンの消息を知っていますか？　深淵の騎士ジェン・サリクの精神が惑星クーラトのケスドシャン・ドームに宿ったさい、バルコンもわれわれとともにドームにいました。ほかの深淵の騎士二名、ペリー・ローダンとアトランは、コスモクラートの禁令から解放されました。それがあるため故郷銀河に帰還できなかったのですが……」

そこでヴァンナ・イコ・ラウスが片手をあげたので、エラートは口をつぐんだ。老人の日焼けしてしわだらけの顔に、よくわかったといいたげな笑みが浮かぶ。

「もう充分。きみたちこそ、わが待ち人だ。バルコンとはじきに再会できる。だが、まずは宿主のからだを去らねばならん。かれらは自分たちで帰り道を見つけるだろう」

「どういうことでしょう」と、エラート。

「いずれわかる、エラートにテスタレ。この世に偶然はなにひとつないのだ。たとえ多くの場合、つまらぬ偶然に見えたとしてもな。鎖をつくる環がひとつ欠けると、ばらばらになってしまうのと同じ」

「われわれの使命はなんなのです？」

「まあまあ、あわてるな、友よ。谷におりてその肉体をはなれてから、ここへもどってきなさい。そうすれば、もう肉体の持ち主には岩壁の開口部は見えなくなる。かれらはここへきた理由も忘れ、なにごともなく家に帰るだろう。さ、いうとおりにするのだ」

老人は踵を返し、足を引きずるようにしながら、薄暗い開口部へと姿を消した。エラートとテスタレは石段をおり、谷の出口方向へすこし近づくと、宿主のからだを出る。それから老人を追って岩壁の開口部に入った。

ノロクはとほうにくれたように周囲を見わたしている。トルムがいるのがわかってほっとしたようだ。

「それにしてもわれわれ、とんでもないことを考えついたもんだな、トルム。谷のなかの盲者を探そうなんて」ノルムはエラートが植えつけた偽の記憶をたどり、「盲者なんていなかったじゃないか。家に帰ろうや」

「まったくだ、ノロク。くだらんおしゃべりを信じてしまった。ま、こんどこそあれはおとぎ話だとわかったわけだ。行こう、馬車が待ってるぞ」

こうしてふたりは谷を去った。振りかえりもせずに。

＊

岩壁のなかにあるのは楕円形の洞窟だった。天井は高く、壁はなめらかに研磨されている。洞窟の中央に平坦な台座があって、階段を二段あがれば、その上に設置された転送機に到達できるようになっていた。転送機は最後にドアを閉めれば作動するはずだが、そのドアは見あたらない。とはいえ、肉体を持たない意識存在にとっては、転送機もド

ア も関係ないが。

ヴァンナ・イコ・ラウスは真のザトロン人ではないと、エラートはほぼ確信していた。原住種族の姿に偽装しているだけだろう。だが、その仮面の下にはなにものがかくれているのか。それについてはまったく見当がつかなかった。

しかしいずれにせよ、尋常ならざる能力の持ち主にちがいない。不可視のエラートとテスタレが転送機のある洞窟に入ったとたん、こちらに顔を向けたのだから。

「この転送機にはすでに目的地をインプットしてある。向こうではきみたちを待ちかねているぞ」老人はそういったあと、まったく脈絡のない話をはじめた。「超次元の怪物スープラヘトをおぼえているだろう。かつてはアッカローリーの反物質宇宙に存在するエネルギー雲の一部で、きみたちの銀河系のみならず、ほかの銀河をも脅かしたもの。宇宙全体を危機におとしいれたこの脅威を払拭(ふっしょく)したのが、バルコン人種族だ。バルコン人はスープラヘトの調教師なのだ」

谷のなかの盲者はそこで言葉を切る。そのあいだにエラートは、相手のいいたいことがぼんやりとわかってきた。かつてスープラヘトの狼藉(ろうぜき)に抵抗し、星々を食いつくすこの怪物を封印した者たちがいる。〝オールドタイマー〟だ。その後ようやくテラナーが最終的に、スープラヘトを絶滅させたのだった。

このオールドタイマーの出自は長いあいだ謎だった。惑星ヘルクレスの衛星イムポスにおける発見物から、ヒューマノイドだということはわかっていたが。

それから数百年後、超越知性体バルディオクとの戦いのさなかに、伝説のオールドタイマーの正体が判明した。七強者の命を受けて大群建造に従事した三十六種族の同盟だったのである。この同盟の名はクエリオンといった。五万年以上前にネットウォーカーの組織を設立した者たちだ。

エラートは非常に混乱した。種族の謎を解明したい、できればその生きのこりを探しだしたいというバルコンの願いが、ここにきてあらたな局面をもたらしたようだから。バルコン人種族がスープラヘトの調教師ならば、かれらはとりもなおさずクエリオンということになる。つまり、百万年以上前にはクエリオンはべつの自我を持ち、バルコン人と名乗っていたわけだ。ということは、バルコンはその遠い子孫で……

そのとき、老人の声がエラートのこんがらがった考えを断ち切った。

「転送機に入りなさい、エラートにテスタレ。わたしは自分の任務を遂行した。こんどはきみたちの番だ。すべてのことには理由がある。百万年前の出来ごとが、いまになって影響してくる場合もあるのだ。では、達者でな……」

肉体を持たないエラートとテスタレの目の前で、ヴァンナ・イコ・ラウスも転送機も、楕円形の洞窟も消え去った。

目的地へと出発したのだ。

＊

前回と同様、こんども遷移には非常に時間がかかった。なにも見えなくなる。周囲は真っ暗で、この常軌を逸した旅がいつ終わるのかわかるヒントはどこにもない。

そこに突然、よく知っている〝声〟がふたたび聞こえてきた。

前と同じ質問をされる。

〈きみたちはそこに入りたいと願っている。だが、それがかなえられるのは、バルコン人種族がなしとげたもっとも輝かしい功績を告げることができた場合だけだ〉

エラートとテスタレはまったく同時に答えた。

〈バルコン人はスープラヘトの調教師だ！〉

これに対する反応は、メンタル手段でも音声によっても返ってこなかった。だが、そのかわりにべつのことが起こる。遷移がたちまち完了したのだ。

エラートとテスタレは意識存在のまま、巨大な円形ホールの中央を漂っていた。ホールは床も壁も天井も研磨された岩でできており、まばゆい明かりに照らされている。受け入れ転送機はどこにもない。どうやって到着したのだろう。

それでもエラートにははっきりわかった。自分たちがここにやってきたのは、正しい答えを述べたことに対する、未知なる声のポジティヴな反応にちがいない。

それにしても、いまどこにいるのか？

周囲を見ると、棺を思わせる引き出しのようなものが、岩の壁面に隙間なくならんで埋めこまれているのがわかった。数は二百ほどか。なにが入っているかは不明だ。

テスタレがメンタル・コンタクトをとってきた。

〈ここはいったいどこなんだろう？〉

すぐには返事できなかった。巨大ホールのどこかで動きを感じたから。精神の目の錯覚かと思ったが、しばらくしてそうではないとわかる。

虚無からあらわれたごとく、バルコン人がホール中央によたよたと歩いてきたのだ。エラートとテスタレの存在を感じたのか、その数メートル手前で立ちどまる。どうにか笑みを浮かべて、

「やっと会えたな！　成就の地へようこそ」

バルコンはそういうと、ところどころに置かれた角石のひとつに腰をおろした。かれと接触するため、エラートとテスタレは慎重にその意識のなかにもぐりこんだ。

*

「ここにくるまでの道のりは長く、難儀だった」と、バルコンは語りはじめた。「わたしだけでなく、きみたちも同じ思いをしたようだな。だれかの導きがなければ、こられ

なかっただろう。だが、ここにわたしの探しているものはないらしい……あるいは、まだ見つけだせていないか」

〈バルコン人種族の生きのこりはどこかにいるはず。あなたの種族に関する物語がそれを示唆している〉エラートが告げた。

「ああ。わが疑問に答えてくれる資料がここにあるのではないかと思っていたのだ。だが、そんなものはなかった」

〈岩壁にならんだ引き出しは？　なかになにが入ってるんだ？〉

バルコンの話によると、いまいる洞窟ホールは十二あるステーションのひとつだそうだ。壁面の引き出しは深層睡眠容器にほかならない。そのなかでは、かつて任務についていたバルコン人使者たちが、それぞれ複雑なしくみの生命維持装置につながれて眠っているという。

〈ここにあるのはバルコン人の肉体なのか？　深層睡眠についていて、意識は持っていない？〉エラートは訊いた。

バルコンはうなずいたものの、あまり確信の持てないようすで、

「そこまではわたしも知っているが、それ以上の情報はない。睡眠者の意識については、きみたち自身で答えを探すといい。わたしは意識とからだを分離できないので、調べられないから。ここは成就の地、きみたちの新しい肉体が手に入る場所だ。その肉体が答

えを教えてくれるだろう」

〈ここにある肉体が意識を持たないとすれば〉エラートは疑問を呈した。バルコンがなにを期待しているか、わかってきたのだ。〈記憶も持たないから、われわれの疑問には答えられないんじゃないか?〉

「ここではそうじゃないのだ、エラート。たとえ意識がなくとも、記憶の断片は脳の奥深くにある程度のこっているはず。すくなくともわたしはそう思う。ためしてみるしかないだろう」

〈睡眠者を見ることはできるか?〉

答えるかわりに老バルコン人は、おもむろにホール中央からはなれて歩きだし、湾曲した岩壁に近づいた。引き出しのひとつの前で立ちどまると、前面にあるごつごつしたつまみを指さす。その下に、ありふれたかたちのキイがひとつあった。

かれはためらうことなくキイに触れ、うしろへさがった。

岩壁に仕込まれていたメカニズムが作動。棺に似た容器が、エラートには永遠に感じられるほどゆっくりと壁から押しだされてくる。そのなかに、全裸の男バルコン人がひとり眠っていた。

肉体はどこにも傷がなく、良好にたもたれている。だが、その顔はエラートの好みではなかった。人形のようで表情がない。どれか選べといわれても、この肉体だけは絶対に選ばないだろう。

　かれの失望を感じとったバルコンは、なにもいわず隣りの容器を開き、また後退した。

　結果は同じ。

　三人めも四人めも五人めも、最初のふたりと印象はまったく変わらない。

　バルコンは容器にかがみこみ、岩のなかにかくされた生命維持システムとの接続状態をたしかめたのち、また身を起こした。睡眠者の外見が未完成に見えるのはなぜか、納得のいく説明を見つけたらしい。

「かれらには魂がないのだ、意識を持たないから。肉体に魂が宿ってはじめて個性が生まれる。それがきみたちの任務だと思うぞ、エラートにテスタレ」

〈ここにある肉体はどれも気にいらない〉エラートはとてもよろこぶ気になれず、〈これが成就の地だというなら、がっかりだ〉

「きみとテスタレの肉体だけに関わる問題ではない」バルコンが指摘した。「もっと多くのことが関わっているのだ。わたしもすべてを知ってはおらず、記憶にも多くの穴がある。あらたな知識を得たとはいえ、すべてのモザイクがそろったわけではない。だがそれでも、予感がある……宇宙の大きな部分、とりわけ〝それ〟の力の集合体に影響してくる出来ごとの出発点は、ここではないかと」

〈予感や信念は知識ではない〉

「そのとおりだ、エラート。しかし、信念をたしかな知識にするには、その知識を得ようとする試みが必要なのではないか？」

〈どうやって？〉

「睡眠者のひとりに入りこみ、その記憶がどの程度のこっているか、たしかめるのだ。なんの危険もないだろう？」

〈わたしがやってみよう〉テスタレが志願する。だが、エラートがいつになくはげしい口調で反対した。

〈とんでもない、テスタレ！　この点に関してはきみよりわたしのほうが経験豊富だ。いまからバルコンのからだを出て、前にある容器の睡眠者に乗りうつる。どうなるか見ていてほしい。なにか変化が起こるかもしれない。生命維持システムを切断するのは、わたしが音声あるいはメンタル手段で合図してからにしてくれ〉

　エラートはそういうと、返事を待たずにバルコンの肉体をはなれた。テスタレとのコンタクトも失い、意識の状態となって睡眠者の上を漂う。

　それから下降し、相手の肉体に入りこんだ。

5

そのあとエルンスト・エラートは、いままでまったく知らなかった悪夢を経験した。過去にも宿主のからだに乗りうつることを余儀なくされたさい、困難が生じることはときおりあった。相手の持つ意識が強靭な場合、侵入されたとすぐに気づいて抵抗するためだ。同じ強さの両精神がひとつの肉体をめぐって争った結果、統合失調状態になることもめずらしくない。

だが、今回はそれともまったくちがっていた。

意識を持たない相手……バルコンの言葉からそう判断したのだが……のなかに入ったとたん、なにかが力ずくでのしかかってきたのだ。最初はわけがわからなかった。わかったのは、このバルコン人睡眠者には魂も意識もあったということだけ。それらはただ、肉体と同じく眠っていたにすぎなかった……数百年、あるいはもっと長いあいだ。

あまりに驚いたせいで、エラートの反応は遅きに失した。

プシオンの大渦さながらの異質な深淵に引きずりこまれ、粉々にされそうになったところでようやく、最初の行動に出る。

未知なる敵の手から逃れようとしてできなかったので、こんどはコンタクトをとろうとした。だが、それに対して相手は力を強めただけ。エラートはますます真っ暗な虚無へと引きずりこまれていく。

はっきりわかった。この未知者はもといた場所へ自分をほうりだすだけでは飽きたらず、完全に破滅させたいのだ。

本当に消滅するかもしれない。その絶望感がかれにエネルギーをとりもどさせ、敵に比肩しうるほどの力をあたえる。こうして、眠れるバルコン人の体内でくりひろげられる両精神の一騎討ちは決定的瞬間を迎えた。

とはいえ、エラートには相手を傷つける気はなかった。ただ解放してほしい、それだけだ。まずはプシオンの大渦に襲いかかり、やっとのことで相手の下意識の奥底から表面へ浮かびあがれた気がした。相手の抵抗に逆らいながら、ゆっくりとではあるが。

やがて〝上のほう〟が明るくなったように感じた。

一瞬……すくなくとも、ほんのわずかの時間だとエラートは感じた……眠れる者の意識がかれに接触し、みじかいメッセージをよこす。

それから光がはげしく爆発したような感覚があり、エラートは宇宙空間へと投げ飛ばされた。とはいえ、方向確認できないほど遠くではない。

見おろすと、成就の地を擁する惑星が一黄色恒星に照らされていた。ほかにも無数の星々が見える。つまり、あの恒星はどこかの銀河の中枢部にあるにちがいない。または、どこかの球状星団の。

どちらかはわからないが、目下それはどうでもよかった。かれは下降し、バルコンのメンタル・インパルスを探す。見つけるのにしばらく時間がかかった。

数秒後、開いた引き出しの前に立って、魅了されたように睡眠者を見つめているバルコンを発見。

かれは慎重にその体内にもぐりこんだ。

*

バルコンはテスタレとともにエラートの報告を聞いたあと、いった。

「睡眠者の意識が接触してきたといったな。その内容をもう一度くりかえしてみてくれ。わたしもこのあいだに知ったことがある……いや、思いだしたというべきか。きみの話はそれと合致するのだ。わが記憶バンクをとりまいているブロックの隙間が埋まりつつある」

〈相手のメッセージはこうだ。見境いなく睡眠者の肉体に入りこんではならない、乗りうつるのが可能な睡眠者には印がついている、と。どこにどんな印がついているのかは

教えてくれなかった。なにか思いあたることは?〉

「ある。記憶がもどったからな。ここでもほかの十一ステーションでも、魂を持つ者と持たない者の両方が眠っている。きみが体内に入りこめるのは、魂を持たない者だけだ。かれらには印がついている。どんな印だったか忘れたが、見つけられるはず」

〈どのステーションにも百五十八名が眠っているそうだ〉テスタレが知らせてくる。

〈探そう!〉エラートはバルコンを急きたてた。

老人は睡眠者の容器をもとにもどし、こんどはべつの容器を壁面から引っ張りだしてなかを調べた。だが、眠れるバルコン人の裸体にはなんの印も見つからない。

〈わたしが睡眠者のからだに入ったさい、なにか変化が見られたか? とりわけ、その顔に?〉エラートが訊く。バルコンはまたべつの容器を引きだしていた。

〈表情が変わったよ〉テスタレが答えた。バルコンは横たわる睡眠者を観察し、印を探している。〈ゆがんだ顔は怒りと防御本能をあらわしていた〉

「なにもない!」バルコンがいい、容器をもとにもどす。

〈待て!〉もしやと思ったエラートは、急いでメンタル・インパルスを発した。〈もう一度その容器を出してくれ、バルコン! 気づいたことがある〉

「なんだ?」

〈はっきりいえないのだが、いまの睡眠者はほかとちがっていた。たぶん、顔が〉

バルコンはエラートのいうとおりにした。

睡眠者を見おろしたかれらは、ポジティヴな兆しを受けとった。探していた印を発見したのだ。

〈額を見ろ！〉

睡眠者の額のまんなかに、七色に光るホログラムがついている。大きさは一センチメートルたらずで、鳥のかたちをしていた。エラートは思わずハトを連想した。もう疑いの余地はない。これこそメッセージが告げた識別の印だ。

目の前に横たわる睡眠者は、魂を持たないということ。

「ほかにもいるはずだ」バルコンの口調は一分ごとにたしかなものになってきた。「これはなんの意味をあらわす印だろう？」

この質問には当然、だれも答えられない。

いまはまだ。

かれらは一時間かけて、ぜんぶで百五十七名の睡眠者を調べた。その結果、男四名と女二名の額に印がついていると判明。つまり、百五十一名は意識を持った状態で深層睡眠についたまま、任務を待っているわけだ。魂がないのは六名のみ。

「選ぶのはむずかしくない」しばらくしてバルコンはいった。「女二名は除外するとして、男四名はいずれも外見がそっくりだ。きみたちが宿ってはじめて、特徴ある外見になるのだろう」

〈このすべてになんの意味があるのか、知りたいよ〉エラートは疑念をいだいて不審げに応じた。〈正直いって、わたしが想像していたのとはちがう。成就の地に行けば望みの肉体が手に入ると思ったのだが。ここにあるのはアンドロイドみたいに人形めいていて、好みではない。だが、ほかに選択肢はなさそうだ。われわれをここに導いた未知者の力はあまりに強いからな〉

「外見に関しては心配いらない」バルコンがなぐさめる。「睡眠者の意識が目ざめたら……あるいはこの場合、べつの意識が宿ったら……そのとたんに変化が起こる。テスタレとわたしはそれを目撃した。その〝変身〟に直接きみが影響をあたえることはなくても、きっときみの人となりや性格を反映した外見になる。そして選択肢に関していえば、たしかにきみのいうとおりだ」

〈ひとつ質問していいか〉テスタレがメンタル手段で割りこんだ。〈このステーションには容器が百五十八あるが、睡眠者が入っているのは百五十七だけで、ひとつはからっぽだ。これについて納得できる説明は、バルコン？〉

「きみたちのどちらかに訊かれるだろうと思ったよ。だが、わたしは答えを知らない。漠然とした推測はあるがね。確信を得られたら知らせよう。さ、睡眠者のなかから二名を選びたまえ」

〈まず、どっちかが先にためすべきだな〉エラートは相いかわらず用心深い。〈わたしがやろう〉

〈いや、わたしだ!〉テスタレが反論を許さない口調でいった。〈なにが起こるか楽しみにしててくれ。すべてうまくいったら、きみの番だ。だが、わたしのようすを見てからだぞ〉

エラートはしぶしぶ応じたものの、じれったい思いだった。バルコンの顔は好奇心でいっぱいだ。睡眠者の脳に残存する記憶が大きなヒントだと確信しているのだろう。テスタレはバルコンのからだを出て、できるだけ慎重に睡眠者の脳内に入りこむ。まったく抵抗を感じなかった。

＊

バルコンは……当然エラートも……呪縛されたごとく、眠れる男の顔を見つめた。最初は変化がない。目ざめた感じも、精神の抵抗するようすも見られない。

「防御反応はないな」バルコンがつぶやき、興奮でからだを震わせた。「テスタレはなんなくかれに乗りうつったのだ。あと数分で変身がはじまるはず……」

〈もうはじまってる〉エラートは指摘し、バルコンの右手を動かして下をさししめした。〈額の印が色あせはじめた。三次元ホログラムだったのが平面的になって……だんだん

消えていく〉

それ以上の実況報告はよけいだった。

睡眠者の顔はどんどん変化していったから。

顔だけではない。ほとんどどわからないほどに、からだもべつのかたちをとりはじめた。

だが、エラートがとくに目をはなせないのは睡眠者の顔である。

一瞬、アラスカ・シェーデレーアの顔かと思ったが、似たところがひとつあるだけだとすぐに認めた。長い黒髪はまちがえようがない。インディアンのような面影も。

「テスタレはアラスカと深い友情で結ばれているからな」エラートと同じ印象をいだいたバルコンがいう。

体格のほうは、アラスカと似ても似つかなかった。しだいにがっしりしてきて、屈強な印象をあたえる。太っているというほどではないが。

やがてテスタレは起きあがり、両目を開いて笑みを浮かべた。第一声はしわがれて聞きづらかったが、やがておちつく。

「なんの問題もない、友よ。防御反応も抵抗もいっさいなかった」そこではっとしたように自分を見おろし、「これはまたえらい変わりようだな。わたしは……この睡眠者は、というべきか……まるで別人だ。美青年アドニスとまではいわないがね。きみがどう変わるか楽しみだよ、エルンスト」

「グッキーを思い浮かべたりしないよう、気をしっかり持たないとな」エラートがバルコンの口を通じていう。「あんな姿になったら最悪だ」

「イルトが聞いたら大変だぜ」テスタレはそう返し、バルコンに支えられて外に出た。容器の生命維持装置はすでに切ってある。「まだ足がおぼつかないな」

「そのうちよくなる」バルコンはなぐさめてから、「エラート、こんどはきみの番だ。どの肉体にする？」

「どれでも同じだろう。まかせるよ」

バルコンは〝新生〟テスタレをともなって上方の容器へ向かった。そこにも額に印のある男睡眠者が横たわっている。人形めいた顔は無表情だ。

バルコンのからだを出ようとしたエラートに、テスタレが声をかけた。

「なにか着るものが見つかるといいな。だんだん寒くなってきた。凍え死にそうだよ」

はたしてエラートの場合も、かんたんに乗りうつることができた。

睡眠者の脳は問題なく機能している。ただ独自の意識がないだけだ。まだバルコンが生命維持装置を切る前から、肉体の維持に必要な全セクターが動きはじめた。人工的補助手段は必要ない。

エラートはからだの奥深くにもぐりこみ、相手の脳の記憶セクターに集中する。だが、いささか早すぎたらしく、まだ情報を得るにはいたらない。

周囲が赤い輝きにつつまれたのに気づいた。すこしして、新しい肉体のまぶたの裏に血が通ったせいだとわかる。

エラートは目を開けた。こちらをじっと見ているバルコンとテスタレが目に入る。

「やったな」老人の声はよろこびに震えていた。「まだ横になっていたほうがいい。変身にはもうすこし時間がかかるから」

「グッキーには似てないぞ」テスタレがにやりとする。

エラートは横たわったままでいた。

睡眠者のからだがすこし大きくなった。身長百八十センチメートルくらいか。シルバーグレイの髪がのびはじめ、うなじをおおう。それまで蒼白だった肌はしだいに黄味を帯びていき、やがて健康的な小麦色になった。顔はどことなくぼんやりして温和な印象だが、褐色の目には永遠を思わせる炎が宿っている。

「美青年か？」エラートはしわがれ声で訊き、バルコンが生命維持システムの接続を切ったのをたしかめて、起きあがった。

「すくなくとも印象的な顔だ」と、テスタレ。

バルコンがついに黙っていられなくなり、

「くだらんおしゃべりは終わりだ！　睡眠者の脳にのこっていた記憶は？　早くわたし自身の記憶を完全なものにしなくてはならん。エラート、外に出てこい！」

エラートはいわれたとおりにし、容器から出てテスタレの隣りに立った。ふらつく足を友が支える。

「まだはっきりしない、バルコン。だが、記憶が存在するのはたしかだ。すぐに明確になるだろう。とはいえ、テスタレのいうとおり、裸じゃ寒くてかなわない。なにか着るものはあるかな?」

「案内しよう」いまそのことに気づいたみたいに、バルコンがいう。「あるのはまちがいない。見ればきっと思いだすはず……」

「思いだす……?」テスタレはおうむ返しした。なにかひらめいたらしい。「そうか。睡眠者のいない空の容器! あれに入っていたのはあなただ、バルコン!」

バルコンは電撃を受けたように立ちつくし、やがてゆっくりうなずいた。

「なるほど。ここで記憶がすこしずつもどってきた理由も、それで説明がつく。とはいえ、まだ断片にすぎない。すべてとりもどさねば! きみたちも協力してくれ」

「凍える心配がなくなったらね」テスタレが応じ、エラートも首を縦に振る。

「こっちだ!」

バルコンは記憶の穴などないかのように、迷うことなく前に進んだ。睡眠者の容器のあいだに一カ所、大きなスペースがある。そこの壁はほかの場所よりもなめらかに磨かれていた。バルコンはその前に立ち、しばし考えこんでいたが、やがて壁の一部分に手を置いた。四角形のマークがかすかに見える場所だ。数秒そのままの姿勢をたもってから、うしろにさがる。

すると、壁の一部が音もなくスライドして開き、出入口があらわれた。その向こうは明るく照らされた倉庫だ。照明のエネルギー源は生命維持システムに使われているのと同じものだろう。

「やはりここだった」バルコン人はつぶやき、倉庫のなかに入った。

エラートとテスタレも躊躇せずにつづく。

倉庫はやはり円形で、大きさもさっきの洞窟ホールと同じくらいだが、睡眠容器のかわりに棚やロッカーがならんでいた。あらゆる種類の衣服や装備や道具の類いが置いてある。隣室には種々の宇宙服や防護服まであった。

エラートとテスタレはそれぞれ、サイズの合った下着や衣服を探す。それらを身につけると、ようやくおちついた。

「あとのことはまだ時間がある」と、バルコン人。「まずはきみたちの報告を聞いてからだ。睡眠者のホールにもどろう。ところで、どうだ？　記憶セクターに到達できたか、それともまだむずかしいか？」

新しい肉体と精神の機能については一分ごとにうまく制御できていると、ふたりは確言した。記憶セクターも開き、その内容はすこしずつ明らかになっている。もうしばらくしたら、睡眠者の知っていたことはすべて把握できるだろう。

「惑星バルコンのことを思いだしたよ」三人で睡眠者のホールにもどり、床にすわりこんだとき、老人は唐突に話しはじめた。「ただし、かすかな記憶にすぎない。短期間そこにいたのはおぼえているが、その後の出来ごとは霧につつまれたような感じだ。もっと多くのことがわかれば、霧も晴れるかもしれん」

エラートは相手のいわんとすることを理解し、テスタレにうなずきかけた。だが、友は首を振ってこういう。

「一度わたしときみで入れ替わるのはどうだろう。こっちの睡眠者はきみの知らない詳細を知っている。たがいの記憶セクターを探ったら、完全なかたちの結果が得られるんじゃないか」

「いい考えだ！」と、バルコン。「だんだんもどかしくなってきたらしく、「さっさとやってくれよ。わたしが正気を失ってしまう前に」

エラートは柔和な笑みを浮かべた。だが、その目は時代を超越したごとく冷静だ。このあいだにかれは多くの知見を得ていた。それがあれば、千の疑問に答えられる。ただ残念ながら、またあらたな疑問もいくつか生まれた。

バルコンが知ったら驚くだろう。

6

ところが、バルコンはまったく驚かなかった。エルンスト・エラートとテスタレから種族の話を聞けば聞くほど、おちつきを増して冷静になる。くわえて、かれ自身の記憶もよみがえってきたらしい。それにより、大昔の情報が明らかになった。

テラの暦法で百八十万年ほど前のこと……アッカローリーの宇宙を去った反物質塊のひとつが〝それ〟の力の集合体に襲いかかり、甚大な被害の爪痕をのこした。これがスープラヘトである。

ケモアウク、バルディオク、パルトク、アリオルク、ロルヴォルク、ムルコン、ガネルクの七強者……〝時間超越者の同盟〟とも呼ばれる……は、すべてを破壊するスープラヘトが銀河系にもやってくると知った。それはまさに、大群の出現と同じタイミングだったのである。

そこで七強者が思いだしたのが、大群の建造をまかせた三十六種族のこと。反物質塊の進攻をとめられる者がいるとしたら、かれら三十六種族をおいてほかにない。そのころには肉体を捨てて集合体知性となり、クエリオンと名乗っていたが。

かれらにスープラヘト阻止の任務があたえられた。

スープラヘトの脅威を排除するため、百万名ほどのクエリオンがヒューマノイドの肉体をまとい、バルコンという名の一惑星におりる。その後かれらはバルコン人と名乗り、既知宇宙のひろい範囲に複数の基地をつくった。そこを拠点に集合体知性クエリオンとコンタクトできるようにしたのだ。選ばれた数名のバルコン人には、惑星バルコンにある七強者の時間の井戸を使うことも許された。

スープラヘトが銀河系辺縁に到達したのは、百三十万年ほど前のこと。バルコン人は技術的・科学的手段をすべて投入したものの、怪物の銀河系侵入を阻止することはできなかった。かれらは必死の防衛作戦を展開。宇宙空間特有の状況が展開する銀河中枢部において、ついに星喰らい怪物への罠を張ったのである。

銀河中枢部に小型の黄色恒星がひとつあり、十七惑星がめぐっていた。その第三惑星に罠をしかけた作戦はみごと成功。スープラヘトはとてつもない重層ゾーンに捕まり、無力化された。そのさい解放されたエネルギーが凝縮した結果、とてつもなく巨大な一惑星となる。ついには星系の十七惑星すべてがそこに引きつけられ、巨大惑星の衛星に格下げされた。この超巨大惑星はのちにヘルクレスと名づけられ、かつて第三惑星だった衛星はテラナーにイムポスと呼ばれた。解放エネルギーののこりは宇宙空間のはるか先に放出され、そこでやはり一惑星となった。人類がトムストーンと名づけた惑星だ。バルコン人は小型黄色恒星の星系から完全撤退するにあたり、インポスに巨大施設を建設した。ヘルクレスに〝封じこめた〟怪物を目ざめさせてはならないという、暗号化警告をのこして。

それがすむと、かれらは惑星バルコンに帰還した。これで任務は完了し、集合体知性にもどることができる。ところが、実際にクエリオンのもとにもどったのは一部だけで、ほかの者はバルコンにとどまる道を選んだ。その代償として不死性が失われるのも承知のうえだ。いずれは定命(じょうみょう)の生物となるだろう。

かれらはしだいに出自を忘れ、ついには秘密を保持するわずかな者が世代間で種族の知識を受け継ぐだけとなる。こうした秘密保持者は〝ステーションの守護者〟あるいは〝使者〟と呼ばれた。祖先の技術遺産を利用できるのも、ほかのバルコン人が存在すら知らない時間の井戸や無数のステーションを経由してクエリオンとコンタクトできるのも、かれらだけだった。

ところが百万年前、大群が銀河系にあらわれたとき、カタストロフィが起こった。バルコンは母星やほかの惑星もろとも、銀河系とアンドロメダ間の虚空に飛ばされてしまったのである。このとき、大群の構造におけるバルディオクの細工が明るみに出た。カルドゥルスが反乱を起こしてサイノスを追放したのだ。惑星バルコンの星系は〝そっと〝押しやられるどころか、無理やり虚空に引きずりだされた。銀河系に近い宙域だったため、星系はその重力に影響を受けるかたちとなる。一定の時間が過ぎたのちは脱出速度を失い、すこしずつ銀河系の方向にもどっていった。

ステーションの守護者たちはすでにカタストロフィが起こる前、ある黄色恒星の唯一の惑星に隠遁している。そして、そこに十二の巨大深層睡眠施設を建設した。どの施設にも百五十八名の睡眠者が眠っていた。

集合体知性クエリオンと通常宇宙の仲介役も、ひきつづき使者たちの任務だったが、もう惑星バルコンの歴史には介入しない。ときおりひそかに訪ねるくらいのものだった。使者がクエリオンの存在平面を訪れて報告をおこなうあいだ、その肉体は深層睡眠容器のなかで眠りにつき、意識の帰還を待つ。

バルコンもそんな使者のひとりだったのだ。かれもまた、あるとき惑星バルコンを極秘訪問した。それはちょうど惑星が早く銀河系にもどろうとして、虚空をさまよう星系からはなれたときのこと。ところがそこでかれは記憶を失い、本来の任務を忘れてしまった。バルコンへおもむいたのも、その任務のためだったのだが。テラの基準だとバルコンは二千歳くらいで、平均寿命をとっくに超えている。最後に任務に出発したのち、いずれかの時点で老化がとまり、一種の不死性を手に入れたにちがいない。なぜそうなったかは、謎のままだ。

の道を選んだのに、いまは目をやり、頭がクリアになってきたようだ。

*

睡眠者のホールに長い沈黙が流れた。エラートもテスタレもなにもいわず、老バルコン人の考えがまとまるのを待つ。かれら自身、いま知った情報を整理する必要があった。あまりに多くの事実が押しよせてきたから。過去の謎もいくつか解明された。バルコン人とは、ふたたび〝生身となった〟クエリオンの派遣団にほかならなかったのだ。その任務はスープラヘトを制御すること。つまり、バルコン自身の秘密や、かれが探している種族の生きのこりは、すべてクエリオンを意味していたのである。

　バルコンと種族のその後の運命は、テラの歴史をひもとけばわかる。ペリー・ローダンが〝それ〟の助けでバルコンへ向かい、バルコン人に協力して惑星を宇宙船に改造し、銀河系に帰還させた。やがてテラナーはアンドロメダに進出、島の王たちとその補助種族に遭遇する。戦いが勃発し、その流れでバルコン人は銀河系に対する武器として悪用されることになった。しかし、最終的に島の王たちの悪魔的計画に気づいたかれらは、集団自決の道を選んだ。惑星もろとも一恒星に墜落したのだ。

　エラートは仲間ふたりの顔に目をやり、そこにうつしだされた感情を見てとった。テスタレは震えている。バルコンはしだいに頭がクリアになってきたようだ。考えがまとまったらしい。

テスタレがまた震えだしたので、エラートは沈黙を破った。老バルコン人に向かい、「これで種族の歴史がわかったな」と、いう。「まだ解明されていない細かな点はたくさんあるが、いずれのこりのモザイク片も見つかるだろう。それで全体像が完成する」

バルコンは黙ってうなずくだけだ。そのとき突然、テスタレが質問を発した。

「キトマという名前を聞いたことは？」

エラートは驚いて友を見たが、やがて腑に落ちた。キトマと名乗るクエリオンはここ数百年、しばしばアラスカ・シェーデレーアの前にあらわれた。両者のあいだには、いわば分かちがたい関係がある。それはテスタレにもなんらかの作用をおよぼしたはず。バルコン人に関する謎が解けたいま、テスタレが疑問を呈したのは驚くにあたらない。

エラートはバルコンの反応を見守った。キトマという名前を聞いておちつきをなくしたみたいだが、結局、吐き捨てるように答えた。

「ない！　それはいったいなにものだ？」

エラートの印象だと、バルコンにはぴんとくるものがあったようだ。なにかが老人を不安にさせ、意識下の記憶を揺さぶったらしい。だが記憶を封じこめるヴェールの力が強すぎるため、この件に関して追いつめたら、老人は正気を失うかもしれない。

エラートは黙ってテスタレと目を合わせた。これ以上キトマのことは訊かないほうがいいと、かれもわかったようだ。

「いや、なんでもない」テスタレがバルコンにいう。「たいした話じゃないんだ。それより重要なことがある。これからどうなるのだろう？」

老人は考えあぐねたように、からだを支える目的の杖をもてあそんだ。

「わからないが、われわれの任務はまだ達成できていない気がする。きみたちはついに自分のからだを手に入れたわけで、これにはなにか意味があるはず。両使者の記憶から、なにかわかることはないか？」

こんどはエラートが答える。

「ないな……すくなくとも、ぱっと見には。ただ、一惑星のみを持つ黄色恒星が銀河系にあることはわかった。とある大型球状星団の中枢部に存在するその惑星に、宇宙港があることも。そこには超光速航行の可能な船が五隻、魂を持つ使者に引きわたされるべく用意されているようだ。どうやら、テスタレとわたしはクエリオンの使者として認められたらしい」

バルコンはふと見あげるしぐさをして、

「だったら、地上に出よう。で、どこに行くことになるのか訊いてもいいか？」

エラートは肩をすくめた。

「それはわたしも知らない。だが、早晩なにかヒントがあたえられるだろう。これまで未知の声の持ち主がわれわれを見捨てたことはないから」そこでしばし躊躇して、「しかも、これは非常に重要なことだぞ、バルコン。いまわれわれがいるのは故郷銀河だ。異銀河でも、まったく知らないほかの宇宙でもなく。ここなら勝手がわかる……人間ひとりのからだをわたしの意識で動かさなくちゃならないとしても」

「きみがそれを望んだんじゃないか」バルコンが思いださせる。「ところで、いま思いだした。この惑星には物質転送機があるはず。前に使っていたものだ。だが、どこにあるかわからない。いずれにせよ、このステーション内ではないな」

エラートは首を振った。

「いや、宇宙船を使うほうがいいと思う。宇宙空間に出れば方向確認できるが、シンボルのついたバルコン人の転送機だと、どこに連れていかれるかわからないから。いや、クエリオンの転送機といったほうがいいかな？」

「どうちがうのだ？」バルコンは応じ、笑みを浮かべる。

「ここは寒くてたまらん」テスタレがふたたび不満を述べた。コンビネーションを着用してはいるのだが。「早くお日さまを拝みたい」

「寒い状態はそう長くはつづくまいよ」バルコンはもったいぶっていった。「黄色い恒星がじきに暖めてくれる」

「どうやってここから出るんだ？」

「出入口からにきまっている。たぶんリフトがあるはず。見つけないとな」バルコンは

しばし記憶をたどっていたが、やがてかぶりを振り、「倉庫にもどろう。あるとすれば
そこだ。ここ睡眠者のホールには、地上に出られる手段はまったくない」

「地上がいま夜じゃないといいけどな」テスタレが不安げにいう。

バルコンは杖にすがって立ちあがり、ひとことだけいった。

「行くぞ!」

＊

エルンスト・エラートはさまざまなタイプの小型銃がならぶ棚の前に立ち、一瞬ため
らったのち、意を決してブラスター一挺を手にとった。バルコン人用の武器だ。さっそ
く使い方を調べる。
バルコンがリフトの場所を思いだそうとしているあいだ、テスタレはエラートに近づ
いて訊いた。
「それでなにをする気だ?」
エラートはエネルギー弾倉をグリップにもどし入れ、
「万一、上で戦いが起こったときのためさ。そうなれば、きみも寒いといわなくなる」
「そっちの使者はユーモア好きな男だったらしいな。その記憶のなごりで、きみもずい
ぶん得してるぜ。だが、武器を持つというアイデアは悪くない。わたしもそうしよう」

「未知惑星の地上がどうなっているか、だれも知らないのだからな。ああ、バルコンがなにか見つけたらしい。手を振っている」

バルコンは実際、反重力リフトにつづく秘密の通路を発見していた。リフトに着くとランプが点滅し、作動可能であることをしめす。エネルギー供給システムは地下のどこか深い場所にあるようだ。はるか昔から、すべて全自動で動いているのだろう。

「記憶がすこしずつもどってきた」と、バルコン。「上がどうなっているかも、おそらくわかる。広大な谷だ。わたしの記憶にまちがいがなければ、このステーションがあるのは谷の入口にごく近い、岩の卓状地の下のはず。ま、行ってみればわかる」

「宇宙服を着用しなくていいのか？」エラートは訊いた。

「まだあとでよかろう。ブラスターを持ったのか？」

「さあね」と、テスタレ。

バルコンは肩をすくめ、反重力シャフトのなかにプラットフォームがある、古いつくりのリフトに足を踏み入れた。この手のリフトは近代文明ではもうとっくに使われなくなっている。

当然、操作もかんたんだ。バルコンはなんの困難もなく単純なコンソールを操作する。昔はしょっちゅうやっていたにちがいない。

プラットフォームはゆっくりと上昇しはじめた。コントロール・ランプがいくつか灯ったほか、明かりはない。エラートは地上までの距離を概算しようとして、あきらめた。とっかかりになるデータがないのだから、しかたない。

それでも、やがて上昇の動きが遅くなってきたのがわかった。ぎしぎしと、きしみ音が聞こえる。エラートとテスタレが身をすくめる一方、バルコンはおちつきはらってつぶやいた。

「この上に、岩盤に偽装したプレートがあるのだ。それが岩のなかで横に押される音だろう……ああ、やはりそうだ。残念だったな、テスタレ。きみの不安が的中した。いまは夜だ。しかも、なんという夜だろう！」

プレートはいまや卓状地の高さまで押しあげられ、そこでとまっていた。〝岩盤〟がぴったり重なって反重力シャフトの出口をかくすため、偽装は完璧だ。

外は明るかった。

何百万という星がいちめんにひろがる空は、まるでひとつの光の海。あまりに密集しているため、星々のあいだの距離は肉眼では判断できない。これほどの明るさにもかかわらず、どこにも自分たちの影ができていないことに、エラートが最初に気づいた。理由はすぐにわかる。あらゆる方向から光が降り注いでいるからだ。そのため、やはりあらゆる方向にできるはずの影が、生じたとたん光によって消されてしまうのである。

「信じられない！」テスタレが茫然とする。「こんな眺めは見たことがない。昼間のような明るさだ」

「ここは球状星団の中枢部だから」エラートが思いださせた。「昼間でも星が見える。すくなくとも高光度の星なら」それからふたたび、頭上にひろがる宇宙標識灯を眺めて、

「こんなカオスじゃ星座を思い浮かべるのは無理だな。つまり、この球状星団を特定するのも不可能ということ。かなりはなれたところから観察しないと見わけられない」

「例の宇宙船を使おう！　場所はわかるか、バルコン？」

「この谷にあるはず。どこか端のほうだ」

「あまりうまく偽装されていないといいな」テスタレは楽観的になろうと必死だ。

「偽装されていても見つかるさ」バルコン人がなだめる。

三人はちいさな卓状地に長いこと立ちつくしていた。やがて、テスタレが思いだしたように寒がる。これだけ周囲が明るくても、星の光は冷たいのだ。

「乾いた薪はあるかな？」テスタレはおずおずと訊いたが、そのもくろみをバルコンがくじいた。

「焚き火をしようと思っているのなら、やめたほうがいい。東のほうを見てみろ」

「どっちが東だかわからないよ」

「あっちだ、テスタレ。あの連山の上に、黄色い鐘状の光が見えるだろう。いずれあの光が強く輝きはじめると、近くの星々は消えていく。夜明けだ。すぐに焚き火なんぞ必

要なくなる」

卓状地からはあたりがよく見わたせた。ステーションの位置は大きさ四十キロメートルほどの谷の北東にあたることが、いまならわかる。谷は南西方向にのびており、植生は豊富だった。小川もいくつか見える。五千メートル級の山々から、谷へと水が流れこんでいるのだ。

「宇宙港はどこだろう？」と、エラート。

バルコンは南西方向を指さした。

「おぼえているかぎりでは、あっちだ。谷の反対側の端だな」

いつのまにか夜が明け、恒星の上縁が山頂に見えていた。明るさはそれほどでもないが、たちまち暖かくなる。テスタレは満足げに深呼吸して、仲間ふたりとともに、すばらしい自然の景色をぞんぶんに堪能した。

朝日のすぐ近くにある星々は色あせたものの、すべてではない。エラートの見立てでスペクトル型G2Vの黄色恒星が完全に顔を出しても、まだ星々は見えている。変わったのは空の色だけだ。漆黒の夜空が濃いブルーになった。

「この惑星は実際、非常に気にいったよ」テスタレがいった。コンビネーションのファスナーを開き、手近な岩ブロックの上に腰をおろして、「まだ人口がすくなかったころの地球を思いだす。きみの時代だよな、エルンスト」

「不思議なのは」エラートもバルコンとともに、温かい岩の上にすわりながら応じた。

「ここがいままでだれにも発見されていないこと。居住者もいない。理由は明らかだが。これほど星々が密集していれば、航法は非常に複雑になる。それぞれの星の距離は一光日、あるいは一光週もないだろう」

「それが、われわれがここに拠点を築いた理由のひとつだ」バルコンがそういったので、ふたりは驚いた。記憶がどんどん鮮明になってきたらしい。「巨大球状星団の中心の状況は、銀河中枢部のそれがすこしマイルドになったようなもの。ハイパーエネルギー・フィールドやエネルギー流がとてつもない強度で集中している。宇宙航行する知性体もこのような宙域は避けるだろう。危険だし、エンジンにもコースにも影響がおよぶから。とはいえ、当時われわれがここにステーションを建設したのは、星々密集域にあるからというだけではない。ハイパーエネルギーを吸引する必要があったのだ。任務遂行のためにな」

エラートはバルコンに問うような目を向けて、

「それほど記憶がはっきりしてきたのなら、これからどうなるかもわかるんじゃないか。景色は美しくて快適だし、下の倉庫には傷んだ食料などないこともたしかだが、いつまでもここにすわったまま待つわけにはいかないだろう。それにわたしは、この谷のどこかにかくしてあるという宇宙船が気になる」

バルコンの顔にふと笑みが浮かんだ。

「友よ、それはそのうちいやでも目にすることになる。わたしの予感では、われわれ、これからメッセージを受けるはずなのだ。なんの手がかりもないのに宇宙空間に飛んだところで、意味はあるまい。たとえここがわれわれの故郷銀河だとわかっても」

「テラを見つけたい！」テスタレがうなじや額から髪をかきあげながら、「それができれば、あとはおのずとどうにかなる」

バルコンはなにかいいかけるが、突然、口をつぐんだ。物音がしたのだ。

エラートとテスタレの耳にもとどいた。

ぴーという鋭い音が遠くから聞こえ、しだいに近づいて大きくなる。同時に圧力波が卓状地に襲いかかり、なにかが空からななめ下方向に降ってきた。エラートは最初、隕石かと思ったが……その物体は急降下したと思うと、轟音とともに谷の下方の地面に突き刺さり、やがて動かなくなった。

三人は岩ブロックの陰にかくれ場を見つけて、本能的に身を伏せる。隕石かと思ったものは、じつは小型の飛翔機だったことが判明。操縦士が機を制御できなくなり、緊急着陸したのだろう。飛翔機じたいも、機内にいたかもしれない乗員も、この墜落を生きのびることができたとは思えない。

「使者の帰還ではないな」バルコンはそうコメントし、掩体にしている岩の陰から外に這いでた。「いったいだれが、この惑星に向かおうなどと酔狂なことを考えたのか？自殺行為ではないか」

「気づいたときには遅すぎたんだろう」エラートの推測だ。二キロメートルほどはなれた場所に墜落した飛翔機を観察しながら、「生存者がいるかもしれない。調べないと」

「いたとして、どうする気だ？」バルコンはあからさまに拒絶した。「ステーションに連れていき、われわれの秘密をぶちまけるのか？　ありえない。睡眠者たちにとってもきみたちにとっても、最悪の結果になる。だめだ、なにもするな。絶対に手を出すんじゃない」

たしかにバルコンのいうとおりだが、生命の危機にある知性体を助けずほうっておくという判断に、エラートのなかのすべてが抵抗した。ただ、もしかしたら生存者はいないかもしれない……それなら、ことはかんたんなのだが。

「なにか動いたぞ」テスタレがささやき、バルコンとエラートを岩の掩体へと引っ張りこんだ。「墜落機のそばで動きがあった。壊れた脱出口から、だれかが外に出ようとしているみたいだな。ただ、距離があるから細かいところはわからない」恒星の位置がちょうどいいため、まぶしくはなかった。「まったく信じられないが、生存者がいたようだ。ここから見てわかるかぎりでは、ヒューマノイドだな」

バルコンは生存者を助けるなといったことに対し、良心の呵責をおぼえたらしい。なにか妥協案はないかと考え……どうやら見つけたようだ。

「きみたちのどちらかがいまの肉体を出て、一時的に難船者のなかに宿ってはどうか。エラート、きみがやるのがいいと思う。そのヒューマノイドに傷を手当てさせ、山中に連れていって安全を確保させるのだ。山に行けば自分で生きのびられるだろう。食べられる草も木の実も、水も充分にあるから」

エラートはバルコンが話し終わるまでしずかに待ったものの、かれの希望どおりにはいかないことを告げた。

「残念だ、バルコン。わたしもそうしようと思っていたのだが、新しい肉体から意識を切りはなすことができない。きみもためしてみたか、テスタレ？」

「もちろん。うまくいかなかったよ。理由がわかるか？」

「いや。だが、いずれわかると思う」エラートはそういうと、谷の下方を見おろし、もっとよく見ようと目を細めた。「動きかたを見ると、けがは軽いようだな」

「じきに回復する」バルコンの言葉はどこか冷淡に聞こえた。「われらのステーションが見つかるようなことはあってはならん。ここのも、ほかのもだ。それを解決する究極の方法はあるが、過激だから使うことはできない」

バルコン人がなにをいっているのか、エラートには即座にわかった。それでも、かれの最終決定を聞いて安堵する。三人は黙ったまま、難船者が墜落機からすこしずつ、無傷の品々を引きずりだすようすを観察した。食料品や各種装備、武器などだろう。

ところがその後、まったく予測せぬ出来事が起こった。これにより、事態はいっぺんに大きく変化することになる。

*

その宇宙船に最初に気づいたのはエルンスト・エラートだった。

まったく偶然に発見したのだ。難船者からほんのわずか目をはなし、西のほうを見たときのこと。高く昇った恒星に照らされて、山々がひろがっている。

そのいちばん高い山の上空に、金属が光るのが見えた。エラートは目の錯覚かと思ったが、しだいに輪郭がはっきりしてくる。そしてついに、音もなく近づいてくる飛行物体が視野に入った。

さして大きくはないが、墜落機ほど小型でもない。どこかの宇宙航行種族が所有するプライヴェート・ジェットかパトロール艇の類いだろう。

それがよりによっていまここにあらわれたのは、けっして偶然ではない。難船者の仲間か、かれをここまで追ってきた者にきまっている。理由はともかくとして。

エラートから未知訪問者のことを聞いたバルコンは狼狽し、不快感をあらわにした。

テスタレも仏頂面になり、岩の陰でますます身を低くしながら、

「こんどはいったいなんだ？」

「生存者を収容しにきたのなら安心だが、もしかしたら、この惑星に長くとどまって調査する気かもしれない」と、エラート。

「それだけは阻止せねば」バルコンがやや動転した声を出す。「なにがあっても」

エラートはバルコンに同情の念をおぼえた。なぐさめる言葉も見つからないが、かれの懸念はもちろんよくわかる。万一、深層睡眠ステーションが未知者に発見されたら、自分たち全員にとって致命的な結果になるだろう。

「どうやって阻止する、バルコン？　われわれが持っているのは、おもちゃみたいなブラスターだけだ」

バルコンはすぐには答えず、未知艇の動きを注意深く観察した。直径三十メートルほどの円盤タイプだ。降下しながらしだいに減速し、墜落場所に近づいていく。

このあいだに、難船者のほうも円盤艇に気づいたようだ。その反応を見てわかった。明らかに、仲間の艇ではないらしい。

かれは墜落機の残骸から回収したわずかな品々をその場にほうりだし、まったく無意味な行為に思えるものの、走りはじめた。バルコンたちが掩体をとっている卓状地に向かって、まっすぐに。

「よりにもよって、こっちにくるぞ！」テスタレが愕然とする。「逃げるということは、相手がだれだか知っているんだな。われわれも逃げたほうがよくないか……地下ステーション内に？」

「そうしたら、なにが起こるかわからなくなる」バルコンはすぐに却下。「ここにかくれていれば大丈夫だ。それに、かれはわれわれのかくれ場まで走ってこられないと思う。着く前にやられてしまうだろう」

円盤艇は卓状地から一・五キロメートルほどはなれた場所、逃亡者の真上付近にきたところで速度をゼロに落とし、さらに降下しはじめた。逃亡者は軽い傷を負ったらしく、バランスの悪い走りかたをしているが、それでも速度はたもったままだ。あたりを見わたして掩体を探すものの、かくれ場となる岩がある卓状地まではまだ遠い。

円盤の下極から、エネルギー兵器が火を噴いた。高エネルギー・ビームが逃げる男の周囲を灼熱地獄に変え、燃える輪を地面につくる。方向転換しようとした男は、その輪のなかに文字どおり閉じこめられてしまった。

どこにも逃げ道はない。

この事実に、エラートは一方では安堵した。このかくれ場に直接の危険が迫ることはなくなったから。だがその一方、これで逃亡者は完全に進退きわまったことになる。

エラートは未知艇の操縦士を憎んだ。相手を知りもしないのに。

「あの男がなぜ追われているか、きみは知らないだろう」テスタレがいう。エラートの思考を読むことはもうできないので、思いを推測したのだ。「罪をおかしたため、その罰を受けるのかも。こっちの出る幕じゃないよ」

「そうだな。だが、それでも同情してしまう」

「われわれにはなにもできないし、なにもしない。絶対に」バルコンがふたたび釘を刺した。「ただ、わが下意識の奥のかすかな記憶が、使者のとるべき解決法をしめしているのだ。それがなんなのかはわからない」

円盤艇が逃亡者から近いところに着陸した。これで男の運命は決したも同然だ。谷で起こっていることをよく見ようと、エラートはすこし身を乗りだした。炎の輪はもう消えたが、まだ煙がくすぶっている。逃亡者には、追っ手から逃れる気はなさそうだ。腕をおろしてしずかに立ち、沙汰を待っている。

円盤艇は四本の着陸脚に支えられていた。下極ハッチが開き、草地までタラップがのびてくる。そこから不格好な二本脚があらわれ、次にがっしりした胴体が見えた。頭部はまるいヘルメットにおおわれていて、どんな外見なのかわからない。

「防護服を着用している」バルコンがつぶやいた。「つまり、かれらはここの空気を呼吸できないわけだ。われわれにとっては有利だな」

やがてもう一名が出てきて、三番めもつづいた。最後の者はひと目でエネルギー兵器とわかる物体を両手にかかえている。

異生物三名は二本脚に二本腕だが、完全なヒューマノイドとはいえないようだ。なにしろ、大きく不格好な防護服のせいで、からだのつくりがまったくわからない。

それに対して逃亡者が着用しているのは、宇宙服でなく軽コンビネーションだった。しかも、惑星大気を呼吸している。

エラートはあらためて、こっちに好印象を持った。

異人三名はなにかを待ち受けているように見える。煙がくすぶる輪をこえて踏みこむ気はなさそうだ。もしかしたら、なすすべもなく立ちつくす獲物の姿を心ゆくまで観察しようというのかもしれない。

「円盤艇内にいるのはあの三名だけだろうか？」エラートは訊いた。

バルコンが警告するような視線を送り、

「ばかなことを考えるな、友よ。三名だけでも、われわれには多すぎるくらいだ。それに、たとえかれらを無力化できたとしても、次は逃げた男に対峙することになるのだぞ。もしや、助けたあとで亡き者にするつもりか？」

エラートは黙りこんだ。なんと答えていいかわからない。

耐えがたいほどの緊張。エラートはやけになり、いっそ異人三名が早くこのドラマを終わらせてくれればいいと願った。どんな結末になるにせよ。

隣りにいるバルコンがおちつきなく動きはじめた。まるで、このまま伏せているべきか立ちあがるべきか、突然わからなくなったように。

「やつらがこっちに目を向けたら、見られてしまうじゃないか」テスタレが警告する。

バルコンもそれを認め、黙って身を伏せた。

「また思いだしたことがある。とはいえ曖昧な、ただの推測だが。なにか、前にわたしが言及したことに関するものだ。この惑星に着陸した異人について……この惑星……どう呼んでいたか忘れたから、新しい名前をつけないと」

「で、なにを思いだしたんだ？　教えてくれ」エラートがせっつく。

「それには地下ステーションに行く必要がある」

「正気か！　立ちあがったら見つかるぞ」

「だれが立ちあがるといった、エラート？　リフトまで這っていくのだ。それから消えればいい」

「で、われわれは？」

「きみたちはここにのこって、なにが起こるか見ていてくれ」

「いったいなにが起こるんだ？」テスタレがもどかしげに訊く。

バルコンは笑みを浮かべようとしたものの、

「それをおぼえてさえいればな！」と、記憶の乏しさを嘆くばかり。「わたしは今後も下意識に操られつづけるしかなさそうだ。きみたちはおちついて行動してくれ。わたしはわたしの使命をはたす」

「自分でも内容を知らない使命をか?」テスタレは皮肉めかして応じた。「行ってくれ、老人。なにが起こるか楽しみだよ」

「わたしもだ」バルコンはつぶやき、谷底から目撃されないよう苦労しつつ、匍匐前進をはじめた。

いささか骨を折ったものの、十メートルほどはなれた場所にあるリフトの〝岩盤〟にぶじ到達。そこで一、二分のあいだ、地面に伏せたまま呼吸をととのえる。エラートがそちらに首をひねると、バルコンは片手で偽装プレートの一カ所に触れ、すぐさまリフトで地下にもぐったところだった。プレートがきしみ音をたててシャフト入口をかくす。

「なにをする気だろう?」テスタレがいい、同時に下の谷を指さした。「バルコンのはたすべき使命とは、なんなのかな?」

「見当もつかんよ。ただ、下にいる男の救出じゃないことだけはたしかだ。むしろ、その逆じゃないかと懸念している」

そしてふたりは、どっちみち救出には遅すぎたと知ることになる。バルコンの乗ったリフトは、このときまだ地下ステーションに着いていなかったのだから。

*

異人三名はついに行動に出た。

武器をかかえた一名が、立ったまま銃の照準を合わせる。逃げた男からはかなり距離があるので、仲間二名に危険がおよぶことはない。二名はまだかすかに煙っている地面の輪を踏みこえて、獲物に近づいていくところだ。

男はその場を動かなかった。もう逃げても無意味だとわかっているのだろう。生きることをあきらめたのは明らかだ。エラートとテスタレが見るかぎり、抵抗せず運命に身をまかせるつもりらしい。

異人二名が男の近くまできて、立ちどまる。もう一名の異人は武器をおろした。そこまでする必要もないと思ったようだ。

金属でおおわれた四本の手につかまれたときも、男は身じろぎしなかった。そのコンビネーションを、二名の手がひと思いに剝ぎとり、無造作に脇へ投げ捨てる。

そのあと、エラートとテスタレが驚いたことに、異人二名は火が消えた輪のところから去り、武器を持つ仲間のもとへもどった。

「そんな！」エラートはあっけにとられ、目を皿のようにして下の光景を見つめた。

「まさか！」

恒星光を反射して光る金属がまばゆい。テスタレは一秒のあいだ、目を閉じる。

逃亡者は金属でできていたのだ。

ロボットということ。

「だから生きのびることができたのか」テスタレがどこかほっとしたようにいう。

「ここまではな」エラートは訂正し、岩ブロックの陰から谷のようすを観察した。知らず知らず、身を乗りだしながら。

武器を持った異人がふたたび銃をあげた。こんどはただのポーズではない。白熱した集束ビームが銃口からほとばしり、ロボットを火だるまにする。人間に似た姿はすっかり溶解した。エラートは、溶けた金属と燃えあがるプラスティックのにおいが卓状地まであがってくるような気がした。

あとにのこされたのは、もうもうたる煙と、燃えた草の上にできた黒いちいさなクレーターだけ。

異人たちはゆっくりと円盤艇にもどり、一名ずつタラップをあがっていく。

「これからどうなるんだろう？」テスタレはリフトのプレートを振りかえった。偽装された岩盤はまだ動かない。「バルコンはどこだ？　いったいなにをもくろんでいる？」

エラートは円盤艇から目をはなさない。

下極ハッチがゆっくり閉まり、施錠される音がした。スタート準備完了。おそらくあの異人たちにとり、恒星密集域のエネルギー・フィールドはなんの障害にもならないのだろう。任務を終えていまごろは宇宙服を脱ぎ、この惑星を去る気でいるはず。

エラートの背後で、聞きおぼえのあるきしみ音がした。偽装プレートが押しやられ、開口部が生じている。そこからバルコンがうつぶせのまま出てきて、ふたりのほうへ這いよってきた。こんどはそれほど苦労はなさそうだ。円盤艇をよく見ようとして、何度か立ちあがりかけたくらいだから。

「伏せろ！」テスタレがいきり立つ。「あなたがいないあいだに、なにが起こったと思う？　異人たちが……」

「知っている。目撃したから」

「目撃した……？」エラートは茫然としておうむ返しした。

バルコンはにやりとし、

「防衛要塞にすばらしい映像中継装置があるのだ。作動していなかったため、わたしがなおしておいた。当時、だれかがスイッチを切ったあと、ふたたび動かすのを忘れていたらしい。そうでなければ、完全自動の防御システムなのだが。下にある異人の円盤艇がスタートしたとたん、反応するのだ」

エラートとテスタレはたがいを見かわした。バルコンはどんどん過去のことを思いだしているようだ。

「使者の船がやってきた場合はどうなるんだ？」と、エラート。

「自動的に識別コードが発信されるため、心配ない。だれかが防御システムをオフにしたときは、おそらく、友好関係にあるどこかの船がやってくる予定だったのだろう」

円盤艇はまだ動かない。今後の行動に関して、異人三名の意見が一致しないのか？　かれらがいかなる理由でロボットを追跡し破壊したのかは、永遠に謎のままだ。

恒星は南中高度に近づき、ますます気温があがってきた。テスタレはあおむけに寝転び、コンビネーションの上半分をさらに開いて陽光の暖かさを満喫している。一方、エラートは汗をかきはじめた。

「下を見ろ！」バルコンのささやきが静けさのなかに響いた。「ついに動きが。円盤艇が着陸脚を格納したぞ。いまは反重力フィールドで浮遊している。それだけでも、要塞が反応するには充分だ……」

「いったいなにが起こるんだよ」テスタレは肉眼でなりゆきを追うような苦労はせず、ぶつぶついった。「爆弾？　ミサイル？　それともエネルギー・ビーム？」

「すぐにわかる」バルコンが若者をなだめる。

正解はミサイルだった。

「あそこだ……谷の反対側」

それを聞いたテスタレはすばやく腹這いになり、よく見ようと上半身をもたげた。バルコンは表情ひとつ変えず、おちつきはらっている。異人三名に死刑判決がくだったことを知っているのだ。ただし、地下ステーションの防御システムを作動させたときには、異人がロボット一体を破壊しただけだとは知らなかったが。

円盤艇がゆっくり上昇していく。操縦士はまだミサイル接近に気づいていないようだが、気づいたとしても、もうどうにもならない。異船の動きに反応する兵器のため、つねにコースを修正しつつ追ってくるから。

ミサイルは円盤艇からわずか三百メートルの場所で最高高度に達したのち、猛禽類のごとく急降下して、相手のどまんなかに着弾した。一瞬のち、円盤は燃えあがる火球に変わる。

七、八秒後、地上にいるエラートたちのもとへも圧力波と音波が到達し、上空を吹きすぎていった。

「終わった」バルコンがつぶやき、その場に腰をおろした。「この世界に異人を入れてはならないというのは、ステーションにおける至上の掟。わたしはそれにしたがっただけだ」

「自己正当化しなくてもいいよ」エラートはそう応じる。微風に吹かれながらもまだ光り輝いている雲を目で追いつつ、「いつまでもここですわっているわけにはいかない。宇宙船五隻のことがあるから。宇宙港を探しにいかないのか？」

「探す必要もない」と、バルコン。「場所はわたしが知っている。前にいったと思うが、谷の南西方向だ。たぶん、ここから八十キロメートルくらいだろう」

「散歩にしては遠すぎるぜ」テスタレは不満げだ。

バルコンは笑みを浮かべて、

「そんなことないさ。われわれのほしいものはすべて地下ステーションにある。だが、まだ行動の時ではないと思う。わが感覚がそう告げているから……それとも、わが記憶の一部といったほうがいいか？　これはなにもかも、前に一度起こったことのくりかえしにすぎないのかもしれん。わたしにはわからない」

まだ行動しないといわれて、テスタレは見るからにうれしそうだ。陽光の暖かさと、ふたたび肉体を得た事実を満喫している。一方、エラートはもどかしさをおさえきれずにいった。

「時間がむだになる。ひょっとしたら命に関わる時間かもしれない。すぐに出発するべきだと思うが」

「どこへ？」と、バルコン。

エラートは肩をすくめて黙りこむ。

かれらは待つことにした。だが、いったいなにを待つのか、だれも知らない。

7

日没すこし前まで、なにも起こらなかった。三人のなかで目下の状況にもっぱら満足しているのは、テスタレただひとりのようだ。本当はかれもそう見せることで、内心の不安やいらだちをうまく押しかくしていただけだが。

恒星が西の山の向こうに沈んだあとも、あたりは暗くならない。球状星団の光が標識灯となり、夜を昼に変えるから。ただ、空気は冷えこみはじめた。

「地下ステーションに行ったほうがいいな」エルンスト・エラートはいった。「今夜はそこに泊まろう。そしてあすは、かならず宇宙港を探しにいくぞ。なにがあろうと」

バルコンが震えながら立ちあがり、

「わたしとしては大賛成だ。テスタレも同様だろう。宇宙港の件はすこし待つしかない、エラート。とはいえ、それもあすまでの辛抱だ」

三人はリフトに乗り、下降していく。

倉庫を探しまわって温かな毛布を見つけると、睡眠者のホールの中央に寝床をこしらえ、夜にそなえた。一様な照明のもとでは、見たところ夜という感じはしないものの、からだは自然の摂理にしたがって睡眠を欲している。

だが、エラートはなかなか眠れなかった。すこしはなれた場所に寝るバルコンは目を閉じて身じろぎもしない。眠っているのか、それとも起きているのか。テスタレの場合はすぐにわかった。軽いいびきが聞こえたから。ときどき寝返りを打っている。

エラートは考えをめぐらせた。意識を持たない睡眠者の額についている印は、なにを意味するのか？　ハトに似た鳥のかたちをした、ちいさなホログラム……なんの説明も思いつかない。それと、もしいまこの瞬間、意識を持つ睡眠者のひとりが使命をはたすべく目ざめたとしたら、どうなるのだろうか？

考えだすと不安になった。できればバルコンに訊いてみたいところだが、老人を起こすのは忍びない。

そうこうするうち、ようやくまどろんだらしい。朝がきたとき、エラートは衝撃で目がさめた。

テスタレとバルコンのほうを見る。かれらにも同じことが起こったのだとひと目でわかった。

＊

ふたりとも飛び起きていた。その表情から、耳をすましているのがわかる。とはいえ、音声を聞きとろうというのではない。例の声が〝語りかけて〟きたのだ。いつものやりかたで。

それはかれらの意識内に、脳のなかに入りこんできた。なにか心配の種がそこにあったとしても、すべて脇に押しやられる。

〝声〟以外のものは意識内に存在しなくなったから。

〝声〟はこんなふうに話しはじめた。

〈わたしはきみたちをここまで導いてきた。だがこれからは、わたしにたよらず、自分たちで道を切り開かねばならない。きみたちにはその力がそなわっているから、目的地に近づけるはず。いくつか重要な使命が待っているぞ。そのうちもっとも重要なのは、〝アムリンガルの時の石板〟を探しだすことだ！

それこそは、未来へのはるかな道をしめすもの。だが、時の石板の保管場所に近づくことができるのは、命にかぎりがあるごくふつうの者だけだ。つまり、いまからきみたちは特殊能力を持たない定命の者となる。

この石板を見つけることができたなら、そのとき能力をとりもどせるかもしれない。では、幸運を。それが必要になるときが、これから何度もあるだろう〉

バルコンは疲れはてたように毛布の上に横たわり、ふたたび目を閉じた。テスタレはすわった姿勢のままだが、その顔には恐怖に似た驚きの色がはっきりと浮かんでいる。エラートもまた、驚愕から立ちなおるのに時間を要した。

あの声……本当に〝それ〟の声ではないのか？　しかし、〝それ〟がバルコン人使者たちの件にどう関係してくるのだ？　だれが……あるいはなにが……自分とテスタレを操っているのか？

問いかけても、答えは返ってこない。

「時の石板って、いったいなんなのだ？」ようやくテスタレが言葉を発した。「前にもバルコンから聞いた。クーラトのケスドシャン・ドームにいたときに。あのときは〝それ〟の助産師とか、ワイオモンの賢者とかいうフレーズも耳にしたが！」

エラートは考えこみながらテスタレを見て、

「残念だが、わたしにはわからない。だが、もしかしたらバルコンがこのあいだになにか思いついたんじゃないか」

しかし、老人はかぶりを振った。それからしばらくして、

「わたしもあれこれ考えてみたのだが、やはり説明できん。クーラトにいたさい、突然そんなようなフレーズが頭に浮かんだのだ。なにを意味するのかさっぱりわからんままにな。さっきの〝声〟については、わたしにも聞こえた。だが、あのメッセージはきみたちふたりに向けられたものだと思う。きみたち自身で謎を解かねばならないというこ

と。わたしは助けられんよ」

「ああ、そうかい！」テスタレが毒づく。そこでバルコンの言葉にひそんだ深い意味に気づいたらしく、「どういうことだ？　そのなんとやらを、われわれだけで探しだせというのか。あなたはどうなる？」

バルコンは苦労しながらからだを起こした。

「そうとも、きみたちだけだ！　わたしは同行しない。この惑星にのこり、あらたな使命がくるのを待つ。そう先のことではあるまい」

エラートは失望の念をかくそうともせず、

「あらたな使命を待つ？　ここで？　あなたがいてくれないと困るよ！　われわれだけではどうにもならない。われわれをここに連れてきたのはだれだと思うんだ？　成就の地に連れてきて、新しい肉体をあたえたのは？　あなたじゃないか、バルコン。あなたと……〝声〟だ」

「きみたちを助けることはもうできない。ここまではたぶん、そうする必要があった。バルコン人種族の転送機を使うのだからな。だが、あすからは……いや、きょうからは……きみたちには宇宙船がある。わたしの助けは不要だ」

老人はそういうと、ふたたび横になった。ただし、目は開けたまま。

テスタレが嘆息し、

「どうやら説得できそうもないな。いいさ、こっちにはいま肉体があるんだから。とはいえ、いつか寿命で死ぬというのはまったく気にいらない。ペドトランスファー能力も失うわけだ」

「たぶん永遠にではないさ、テスタレ。われわれはとにかく、その厄介な時の石板とやらを見つければいいだけだ。見つけるとも！　しょげることはない、わたしもきみと同じ状況だから。死をまぬがれないこのからだを、もう出ることはできないのだ。われわれにとり、後退の道はない。ただ前進あるのみ。それに、わたしは確信している。今後〝声〟の助言がなくとも、前に進む道に関する手がかりはきっと見つかるよ」

エラートの言葉にテスタレもうなずくが、コメントはしない。

ここでバルコンがイニシアティヴをとった。寝転んだまま、こういったのだ。

「倉庫に食料がある。腹が減った。朝食にしよう」

この提案はおおむね賛同を得た。とりあえず、いったんすべての問題を忘れて気晴らしできるだろう。

使者の倉庫には生活に必要なものがなんでもそろっていた。バルコンは適当な食料を探しだし、それをわたされたテスタレが豪勢な朝食をととのえる。三人ともあまり話さず、黙々と食べた。別れの時が近づいたと、みな知っていたから。エラートは自問した。いつかバルコンにまた会える日がくるだろうか。

口に入れた食べ物を噛みながら、ふとテスタレがいった。

「例の、時の石板だが……なにかの記録文書をさしてるんじゃないかな？　つまり、バルコン人にまつわる過去の出来ごとをまとめたレポートだよ。それを読めば、あなたの疑問すべてに答えが見つかるかも、バルコン」

老人は笑みを浮かべた。わかったぞ、といいたげに。

「わたしを同行させようとして、あらゆることをためす気だな。そうだろう？　しかも、すでに〝声〟が情報をあたえたではないか。過去でなく未来に関わることだと」

「未来とは、過去に起こったことの結果じゃないのか？」

「過去に関していうならば、わたしはここで答えを見つける……すこしずつ。だめだ、テスタレ。石板はきみたちだけで探しださねばならん」

「わかった、わかったよ！」どうやらテスタレもあきらめたらしい。自分がいなくてもできるといいはるバルコンを、説得するのは無理だと。「なら、時間をこれ以上むだにできないな」

そのとき突如、エラートが非常に冷静なところを見せた。

「まああわてるな、テスタレ。倉庫の隣りの道具室にいろんな種類の防護服があった。まずはそれを見てみよう。バルコン、宇宙船のなかはどんな感じかな？　兵装や食糧は？」

「すくなくとも標準の装備はあったと思う」バルコンは記憶をたどるようにいった。

「だが、いまはとにかく防護服を着用しろ。徒歩で向かうとなると、何日もかかる。飛翔装置つき宇宙服があるはず」

「それはわたしも確認した」エラートは応じ、ため息をついて、「何度も不平をいいたくはないが、肉体を持つというのは面倒だな。ほかにも移動の方法があると知っているだけに」

「時の石板を見つけだせるのは、ごくふつうの者だけだ」バルコンが念押しする。それからまた杖を使って立ちあがり、「さ、友よ。きみたちに合う衣装を探そう」

アルコーヴや隣室までふくめると、巨大倉庫に置かれていないものはないといってよかった。衣服や武器やその他の装備は多岐にわたり、どんな文明世界の住民の要求にもこたえられるだろう。それればかりではない。数百年は日持ちのする食料品も、さまざまな嗜好に合わせて用意されている。ブルー族の好む食べ物だってありそうだ。テラナーやハルト人についても同様だった。

「これほど品ぞろえ豊富なデパートははじめて見た」テスタレがつぶやく。「しかも、無料だ」

隣室のひとつに入っていたエラートが、手になにか持ってもどってきた。テスタレはひと目で見てとる。

「セランそっくりじゃないか！」

「似たようなつくりの防護服だな。あつかいも容易だ」と、エラート。「使い方はピコンピュータが説明するから問題ない。これがあれば、いざとなったらなにも苦労することなく惑星じゅうを調査できるぞ」

「だったら、これでいいよ。もうあちこち探しまわることもない」

ブラスターもいくつか携帯しておけと、バルコンがすすめた。必要な武器は宇宙船にそなわっているはずだと、くりかえしはしたが。

エラートとテスタレはそれまで着ていたコンビネーションを脱ぐと、防護服を身につけた。快適な着心地とはとてもいえないが、そのかわり、これを着用することではかりしれないメリットがある。

「ここでチェックしてみろ。なんなら交換できるから」と、バルコン。

ふたりは数分かけて操作方法をおぼえた。スイッチを入れると、すぐにミニ反応炉が作動。反重力フィールドで浮きあがり、飛翔装置も使えるようになる。テスタレは好奇心にまかせて睡眠者のホールを鳥のごとく飛びまわり、

「本当にすごいや」と、通信機能のテストも兼ねてヘルメット・テレカムで伝えてきた。

「これなら、からだがあるのもまったく悪くない」

エラートも防護服の機能チェックを終えたあと、床にしっかり着地して、

「食料は持っていかなくていいんだな？」と、もう一度たしかめる。

「大丈夫。もし船内にないなら、いつでもここにもどってくればいい。心配無用だ」

「たよりにしてるぞ、バルコン」

ふたりしてヘルメットを開いた。エラートは反重力リフトを指さす。

「そろそろ出発の時だ」

「地上までいっしょに行こう」バルコンはそう応じて歩きだした。

＊

外は真昼だった。ちいさな卓状地は黄色恒星のまばゆい光と無数の星々に照らされている。別れの言葉を口にするのがつらいエラートの思いを、バルコンが軽くしてくれた。

「すわってくれ」自分も石の上に腰をおろしながら、老人はいった。「わたしが同行しない理由を、きみたちに伝えておきたくてね……さっき話したこととはべつに」

「聞くよ」テスタレがその場にすわる。エラートもそれにならったが、内心は不安だらけだった。南西方向に目を向けても、広大な谷の反対側にはなにも見えないから。

「この惑星だが、なんと呼ばれていたか思いだせないので、〝ケムバヤン〟と名づけることにした。まさにぴったりの名前だと思う」

「バルコン語か？」

「そう、バルコン語で〝記憶〟を意味する。わたしの記憶はここでしかとりもどせないから。さらなる情報を得るため、睡眠者数名をすこしのあいだ目ざめさせることもあるかもしれない。まだわからんがね。きみたちがここをスタートして充分はなれたなら、ぜひとも船載コンピュータにケムバヤンの座標を計算させ、保管しておいてもらいたい。そうすれば、球状星団のなかにあっても容易に見わけがつくだろう」

「忘れずにそうするよ」即座にエラートが応じる。「いつかアムリンガルの時の石板を見つけたとき、あなたのもとを訪ねたいと思うだろうから」

「もしわたしが任務に出かけていたら、空の睡眠容器に手がかりをのこしておく。さて、あとはふたりの幸運を願うだけだ。きみたちとともに行動できて楽しかったよ。われわれの未来がどうなるか、それは不明だが」

「時の石板が教えてくれるさ」テスタレが冗談めかしていい、ヘルメットを閉じた。

「船に着くまでのあいだ、通信で連絡をとりあおう。そのための機器は倉庫にいくらでもあるだろう」

「映像つきでな」バルコンはほほえみ、エラートに支えられて大儀そうに立ちあがった。

「これ以上もう伝えることはない。きみたちが宇宙港を見つけることもわかっている。だが、そうしてほしければ探すのを手伝うぞ」

「自分たちでやるから大丈夫だ。また会おう、バルコン。同族たちの消息がわかるよう祈っている。思うに、バルコン人種族の重要性がこれまで過小評価されていたのはまちがいないな」

「バルコン人はスープラヘトの調教師だ」と、バルコン。

「それ以外にも多くのことをなしとげたはず。われわれ、それを見つけだす」

テスタレもバルコンに手をさしだし、別れを告げた。

「どうか元気で、わが友。これが今生の別れというわけじゃない。きっと再会できると信じているよ」

「達者でな」バルコンはそれだけいうと踵を返し、ステーションにもどるため、反重力リフトに向かった。

もう一度だけ手を振ったあと、プラットフォームで下降していく。

エラートはしばし思いにふけった。それに気づいたテスタレが、いまやすべてはかなり明らかになったのに、なにを考えこんでいるのかと訊く。エラートは反論した。

「実際はなにひとつ明らかになってないんだぞ、テスタレ。アムリンガルの時の石板にしろ、〝それ〟の助産師にしろ、ワイオモンの賢者にしろ、なんのことだかさっぱりだ。この肉体の脳内に記憶の残余があればヒントになるかと思って探したが、だめだった」

テスタレは、ばかばかしいといいたげに手を振り、

「いまからそんなことを悩んでどうする？　バルコンがだんだん記憶をとりもどしたよ

うに、答えはそのうち見つかるさ。ほんのわずかずつだとしてもね。しかもその答えは、今後のなりゆきに大きな意味を持つものだ……この理由だけでも、かならず見つかるとわたしは確信している」

このとき、バルコンから通信が入った。

「なにをそこでぐずぐずしている？　時間のむだではないか」

テスタレはにやりとし、

「時間がどうしたって、バルコン？」と、応じた。「永劫の時がひとつふたつ関わってくる問題なのに、たった数分むだにしたからどうなるというんだ？　心配するな、いまから出発するよ」

グラヴォ・パックを作動させ、ゆっくり上昇する。

エラートもつづいた。

睡眠者のホールをかくしているちいさな卓状地が、眼下に沈んでいく。やがて輪郭が消え、周囲の景色と見わけがつかなくなった。

ふたりは南西にコースをとり、草におおわれた谷の上を中高度で滑空していった。

左右には五千メートル級の山々がひろがり、谷と外界を隔てている。

目の前にゴールが見えてきた。使者の宇宙港が……

あとがきにかえて

星谷　馨

ペリー・ローダン・シリーズ六九二巻をおとどけします。

前半では惑星パガルにひろがる謎の罠により、アトランとバス＝テトのイルナが命を脅かされる。そんななか、ふたりははじめて互いへの思いをはっきり言葉にするのだが、原文の“Ich liebe dich”を目にしたとき、ローダン・シリーズではめったにお目にかからないフレーズなので少なからず驚いた。ちなみにタルカン・サイクルではこのお話のみ、その前のネットウォーカー・サイクルでもわずか三回しか出てこない。海外ドラマを視聴すればわかるが、like と love の間には深くて暗い川があるのだ。たとえ恋愛相手に対してでも、I love you はよほどの覚悟がないと言えないらしい。だからアトランとイルナの場合も「晴れた空からいつ死が襲ってくるかわからないとき、あふれる感情を口にしないのはおろか」という状況でようやく Ich liebe dich が登場したのだろう。

なかなかエモーショナルでぐっとくる場面だった。

さて、今年の桜前線はことのほか早くやってきましたね。東京では、三月末にすでに満開。そのころわたしは入院・手術の運びとなり、人生初の全身麻酔を経験したのであった。その顚末をここに記します。私事ですが、しばしお付き合いください。

ランニングが趣味になったのは、田舎に引っ越してからのこと。のどかな風景のなか、季節の移ろいを感じながら走るのは本当に気持ちがいい。おまけに、Tシャツとシューズさえあればどこでも走れる。走るのにお金もかからない。かつてはよく旅行先にもシューズを持参したものだ。

そんなある日。五年ほど前の秋にスポーツジムのトレーニングマシンから落下して、右膝をひどくぶつけた。たんなる打撲だと思ったが、二カ月後にハーフマラソンのレース本番が控えていたため、念のためジム近くの病院を受診。レントゲン検査の結果、異常なしといわれる。レースも無事に完走することができた。

ところがその数カ月後、膝におかしな違和感を覚えた。なんというか、歩いているとカクンと抜けるような感じ。そのうち歩きかたがおかしくなってくる。あわてて近所の整形外科に駆けこんだところ、「あなたの場合、膝ではなく股関節に問題があるかも」

と言われた。それまで股関節がおかしいと思ったことは特になかったので、寝耳に水だった。だがあとから調べてみたところ、患者が訴える痛みの部位と、痛みの原因が存在する部位とは、ほとんど一致しないらしい。とりわけ股関節疾患の場合、まず膝や腰に症状が出ることも多いようだ。

ここでついた病名は変形性股関節症。進行性の病だが、運動で筋力を保っていれば進行を遅らせることも期待できるらしい。もちろんランニングはご法度である。唯一やっていいスポーツは水泳だと医者から言われ、週に数回、せっせとスイミングに通いはじめた。最初のうちは二十五メートルプールの向こう側まで行きつくのがやっとだったが、おかげでいまではノンストップで五百メートルほど泳げるように。

そうやって地道な努力を続けたにもかかわらず、股関節の状態はしだいに悪化していった。体重をかけるたびに脚が悲鳴をあげるみたいで、やがて重いものを持つのもむずかしくなる。しかたなく、意を決してふたたび整形外科へ。もともと病院嫌いのわたし、このときすでに初診から三年半がたっていた。

レントゲンとCTを見て「いやー、教科書に載せたいくらい典型的な症例だね」と、医者はのたもうた。なんでも変形性股関節症の最末期だとか。骨盤と大腿骨をつなぐ丸いジョイント部分（大腿骨頭といいます）の軟骨が完全にすり減っているため、痛みが生じ、骨じたいも傷んでしまったらしい。ここまで進行すると、傷んだ骨を切除して人工関節に交換するしかないそうだ。すぐに手術したほうがいいと言われた。

だけど、あれこれ事前調査したわたしは知っていた。人工股関節置換術というのは三週間から一ヵ月の入院が必要なのだ。仕事のことを考えたら、とてもそんなに長く病院にはいられない。かといって、このままほっといたらいずれ歩けなくなるかもしれない。とりあえず、決心がついたら連絡しますと言ってその場を切りぬけ、何かほかに手段はないかと必死で探しはじめた。

頼みの綱は、そのころ偶然に新聞で読んだ小さなコラムだった。人工股関節置換術を「仰臥位前外側アプローチ」で受けたという人の体験談。入院はわずか一週間だったという。負担が少なく経過も非常に良好な手術法だが、比較的新しい技術のため、実施している病院は限られるらしい。これをキイワードにして検索しまくり、最終的に行きついたのが、京王線の千歳烏山（ちとせからすやま）駅から徒歩数分の場所にあるクリニックだった。病院名に〝人工関節〟を冠しているくらいだから、専門性が高そうだ。しかもなんと、よくよく調べたら例の体験談に出てきたクリニックではないか。コラムに病院名までは載ってなかったので最初は気づかなかった。何やら運命的なものを感じ（ちょっと大げさ?）、さっそく今年の初めに受診。名医と評判のT先生は若い今ふうのイケメンだ。丁寧な説明を聞かせてもらい、わたしは決心した。この人に命を預けよう。ちょっと大げさ?いや、本気だ。だって手術は全身麻酔なんだもん。

じつは、それをわたしは何より恐れていた。昔、渡辺淳一の『麻酔』という小説を読んだせいだ。ありえないようなミスで永遠に目が覚めなかったらどうしよう。何ごとにも百パーセント絶対はない。そう危惧する一方、生まれて初めての全身麻酔に対する多大な興味もあった。麻酔がかかる瞬間ってどんな感じだろう。眠っているあいだ、夢を見たりするのかしらん。

そんなわけで、手術当日。麻酔医に「眠くなりますよ」と声をかけられたと思ったら、まさに次の瞬間「終わりました」と言われた。実際には手術に約三十分、麻酔が覚めるまでに一時間以上かかったらしいのだけど、感覚としては一秒たりとも時間が経過していない。これがローダン世界に出てくるゼロ時間か！　わたしは感動した。次に頭に浮かんだのは、執刀医であるT先生への感謝の念と、「おなかすいた……」という思いだった。われながら食い意地が張っている。

全身麻酔なんてたいしたことないじゃん……と、ひそかにうそぶいたのだが、手術後に喉がいがらっぽいと看護師さんに訴えたところ、「呼吸の管が入っていたからね」と言われた。麻酔により自発呼吸も止まるため、人工呼吸器を装着するらしい。術前の注意事項に書かれていたのだが、適当に読み飛ばしていた。ひえ〜〜息が止まるとは。やっぱりコワイ！

ともあれ、「仰臥位前外側アプローチ」のおかげで予定どおり一週間で退院できた。

まだ不自由さは多少のこっているし、しばらくは脱臼の恐れがあるため禁忌のポーズもいくつかある。でも、時間が経てばほとんどの制約はなくなるらしい。

それにしても、あのとき何も考えず近所の医者に言われるまま手術を受けていたら、どうなっただろう。回復までの時間が数ヵ月のびたかもしれない。ある意味、不義理をしてしまったとも言えるが、自分の身体はほかの誰のものでもないのだ。メスを入れるなら、心ゆくまで納得してからでないと。そう痛感した出来ごとだった。

いつかまた、地面を蹴って走れる日が来るだろうか。その時が待ち遠しい。

訳者略歴　東京外国語大学外国語学部ドイツ語学科卒，文筆家　訳書『秘密惑星チェオバド』フェルトホフ&グリーゼ，『焦点の三角座銀河』エーヴェルス（以上早川書房刊）他多数

HM=Hayakawa Mystery
SF=Science Fiction
JA=Japanese Author
NV=Novel
NF=Nonfiction
FT=Fantasy

宇宙英雄ローダン・シリーズ〈692〉

パガル特務コマンド

〈SF2413〉

二〇二三年七月　十　日　印刷
二〇二三年七月十五日　発行

（定価はカバーに表示してあります）

著　者　H・G・エーヴェルス　クラーク・ダールトン
訳　者　星谷　馨
発行者　早川　浩
発行所　株式会社　早川書房
郵便番号　一〇一 - 〇〇四六
東京都千代田区神田多町二ノ二
電話　〇三 - 三二五二 - 三一一一
振替　〇〇一六〇 - 三 - 四七七九九
https://www.hayakawa-online.co.jp

乱丁・落丁本は小社制作部宛お送り下さい。送料小社負担にてお取りかえいたします。

印刷・信毎書籍印刷株式会社　製本・株式会社川島製本所
Printed and bound in Japan
ISBN978-4-15-012413-7 C0197